3153万秒 的倒计时

文字·宁醉

插图·不吃芹菜

百花文艺出版社

BAIHUA LITERATURE AND
ART PUBLISHING HOUSE

图书在版编目(CIP)数据

3153万秒的倒计时 / 宁醉著. —天津:百花文艺
出版社,2011.1
ISBN 978 - 7 - 5306 - 5873 - 4

Ⅰ.①3… Ⅱ.①宁… Ⅲ.①短篇小说—作品集—中
国—当代 Ⅳ.①I247.7

中国版本图书馆 CIP 数据核字(2010)第 261016 号

百花文艺出版社出版发行
地址:天津市和平区西康路 35 号
邮编:300051
e-mail:bhpubl@ public. tpt. tj. cn
http://www. bhpubl. com. cn
发行部电话:(022)23332651 邮购部电话:(022)23332478
全国新华书店经销
天津市永源印刷有限公司印刷

*

开本 880×1230 毫米 1/32 印张 6 插页 2
2011 年 1 月第 1 版 2011 年 1 月第 1 次印刷
印数:1 - 5000 册 定价:14.00 元

目录

序章:

收拾行囊,倒计时开始 / 001

①. 在看你,看着你 / 001

②. 爱的小摇滚 / 023

③. 狂奔的棉花糖 / 047

④. 玫瑰鸡汤 / 069

⑤. 白痴 / 093

⑥. 如影 / 117

⑦. 童话失眠了 / 139

⑧. 进站不停车 / 163

收拾行囊，
倒计时开始

《2012》刚上映的时候，就有人翻出了玛雅预言，扬言人类的历史就要在不久之后的那场风雨洪水里走到尽头，大家唯一能做的事情就是努力攒钱——不是买房，而是买船票。

但玩笑总归是玩笑，认真坚信 2012 存在的人恐怕相当罕见，因此，过去的一年里，大家经常拿这件事互相调侃，也并没觉得怎样，直到有一天，波兰总统的飞机坠毁，多人遇难。那些曾经幽默的话仿佛不那么好笑了，尽管我们仍然可以抚着心口说"他已经提前登船"，但心里却很清楚，有时候，生活确实可以在下一秒就砰然结束。

这件事，绝对不是骗人。

骗你励志的书都会教授一个"列表"的技巧，比如"死前要做的五十件事"或者"人生的十大目标"之类，不过，在完全不知道下一秒要发生什么之前，这些东西似乎太虚幻了。一年有3153万秒，如果你愿意，每秒都可以产生一个改变，往往到了尘埃落定的时候，结局和目标已经不在同一个空间里。所以，倒不如往近处看看——

如果3153万秒之后，预言的时刻真的到来，我们手握船票的同时，还能带些什么？哦，请不要说你的梦想和希望，或者爱情和追求，因为挪亚方舟上，也许并不那么事事万般如意。

带一袋棉花糖、一块蛋糕。据说甜品可以在极短的时间里，极大限度地改变人的心情。这个世界·上的事情好坏参半，人类固然智慧，却总有改不掉的痴心妄想，总是期望遇见好事，然后还是好事，接下来，可能是更好的事……怎么可能？有时候，零食不是为了解馋，而是在吃完它之前，能假装忘掉世界的真面目。

带一罐鸡汤、一盘饺子。这也是错觉的一种，在外围环境天寒地冻的时候，能找到一点儿关于家的体会。鸡汤是万能的，有它，便意味着至少有一只肉质鲜美的鸡，一口咕嘟咕嘟的砂锅，一个关上窗就无惧风雨的房间，还有温柔的女人，老婆或者妈妈。有时候,吃饭不是为了吃,而是期待拿起筷子想夹什么就夹什么的舒适感。

带一台 DV。拍下你所能想到的所有的东西,直到它没电。如果有机会上岸,就地挖坑,在 DV 外面裹好塑料袋,深埋。这样,再经过多少万年之后,它会出现在文物柜里。有时候,记录不是为了真切地表现当下,只是太害怕遗忘。

带一包卫生巾。据探险家们说,最好是夜用加长型,即使男士也要携带,万一鞋子受潮,这将是比篝火还好用的干燥剂。同理还有安全套,据说它能承受重达五公斤的淡水,关键时刻能救命,而且不止一条。有时候,那些琐碎的东西不是太平常,是你从未想过它们能不寻常。

带一个达摩玩具,或者许愿瓶,或者护身符。总之,要一样可以许愿的东西。从来没有人定义过愿望和现实的关系,因此,愿意一直能保持幼稚、虚幻、过分美好、玄奇等等所有同时含有褒贬意义的样子。有时候,骗自己不代表心里不明白,只是说破了,就显得不那么浪漫。

最后,带一个风水师,最好能兼职和先知、未来沟通,这样,从明天吃什么到什么时候才能开始一个新的选择,都可以随时咨询。有时候,没有人是真正迷信的,只是需要别人赞同或者反对自己的观点。

那些关于聊天沟通的技能和对于过去的回忆,跟你的爱情和理想一样,在客观事实上无法被抛弃。你带着它们经过了许多个 3153 万秒的选择后,辗转来到这个时间点,却越发瞧不清它们的模样。有时候,不是生活先出轨,而是你主动单方面毁约。

有时候,明明坚决不信 2012 之类的笑话但仍要把它挂在嘴上,不是心口不一,只是似乎随便体验一下以假乱真的"末日情绪",就可以更坦然地在下一秒做出预料外的选择。

3153 万秒,倒计时,开始。

在看你，看着你

①

田小萌躲在卫生间里，咬着衬衫袖子哭。午休时间，积累了一上午人体废气和诡异味道的隔间里分外憋闷，清洁工正挨个拉开门拖地，到了田小萌躲着的这间，门没拉开，一只脏乎乎的大拖把就干脆从下面的缝里塞进来乱蹭了两下，在田小萌新买的鞋子上留下了难看的印迹。

田小萌觉得恶心死了，拽了两张纸开始擦，但越擦越难过：这算什么事儿啊！为什么要这么说我——她蹲在便池上用手机刷新论坛，看见那张帖子一直飘在最上面，刚才还只有

34 页的回帖，在她从办公室走到洗手间的路上，变成了 35 页。鉴于田小萌喜欢踩着花砖上的格子走而每一组花砖花纹的间隔是 2 米，她确定，自己走了不到 100 米的距离里，就多了至少 20 个人回帖要求楼主更新。

那张帖子发在一个女性购物论坛的八卦版里，题目是"不挖坑在线写，818 我的 JP 闺蜜，各种好笑各种糗"，楼主说，她越来越受不了自己的闺蜜了，每次跟她聊天逛街都觉得特别尴尬，闺蜜从来分不清各种车牌和各种服饰化妆品品牌，偏偏又是个大嗓门和"十万个为什么"，所以经常被导购白眼。而且，这个闺蜜和上任男朋友分手的原因才匪夷所思呢……虽然楼主还没写到感情戏，但是之前的窘事已经很爆笑了，大家都迫不及待地等着那个缩写为 TXM 的姑娘的更多笑料。

TXM。那不就是"田小萌"嘛！

这绝不是自作多情的对号入座，因为她天生是个大嗓门，小学的时候经常被老师指派在公开课上举手发言。每到这时候，她就会格外专心听讲，在恰到好处的时候举手，老师就会假装不经意看见她，点名说："那么，这个问题就由田小萌同学回答。"她会立刻站起来，朗诵一样背出昨天练过的答案——公开课上，老师不需要聪明的、积极的同学，只要有人声音洪亮、口齿清晰就可以，而田小萌刚好符合这个要求，大嗓门是她骄傲的小资本——哪个小朋友不希望公开课的时候被老师垂青？尤其是，田小萌确实喜欢和闺蜜一起逛商场，确实不认识长得没什么区别但女人都应该熟悉的护肤品、化妆品、衣服的品牌，更分不清车的种类。对于马路上随便跑过去的一辆车，田小萌的闺蜜们总是艳羡地知道它们四个字四个字的名字，但是她只认识四个圈的是奥迪。

这值得八卦吗？这很可笑吗？这极品吗？

如果以上还只是揣测，那么，那个楼主在第四楼写的一件事，绝对是田小萌独家出品。大学时候第一次去 KTV，田小萌只听大家说过"钱柜"，理所当然地认为这个词等同于收银台，但不幸的是，大家聚会选择的是另外一家，出门结账的时候，所有人都听见田小萌在大厅里问服务生："你们的钱柜在哪儿？"服务生愣了片刻，下意识地说了一个街区的名字，田小萌很疑惑："你们还挺幽默的，那么远，让我打车去付钱啊？"服务生花了足足两分钟才明白问题的关键所在，立刻职业地从口袋里抽出了一张鲜红色的预约卡，礼貌地放在田小萌手里："对不起小姐，我们叫这个名字，不是钱柜。"

田小萌很清楚当时大家都笑成一团，但作为八卦当事人，她自己并未觉得这有什么丢人，时隔多年，面对网络上根本不认识 TXM 的人民群众，提这个干什么呀？最关键的，是哪个没良心的开八卦帖子？

清洁工打扫完厕所走了，田小萌这才出来，对着镜子重新扎头发。齐刘海下面,眼睛红红的,让黑眼圈更加明显,她用凉水拍拍脸,长长地叹了口气。活了27年了,排除前三五年不懂哀愁,田小萌从来没这么郁闷过。她只不过是一个街上一抓一把的最普通的女孩子,有算不得高贵优雅但绝对良好的家教,性格开朗,长得也不丑,无论从哪个方面数,都算不上是"极品"。在她看来,天涯八卦版里的小月月才是极品呢,相比于她,田小萌觉得自己真是宇宙里最可爱、没有之一的美少女。她大三的时候认识的隔壁寝室的姑娘,也是她现在最铁的闺蜜董冉说:"亲爱的,你真是无敌,什么事儿到你这儿都无所谓了,跟你在一起就特开心!"

现在,田小萌实在开心不起来。她一直觉得自己过得虽然不精彩但是也挺好的,这张帖子就好像让她穿着比基尼站在商业街上,任人点评胸太小、屁股太大、大腿粗小腿弯。因为生气,田小萌的手都是冰冷的,肩膀气得哆嗦:爱讲话的性格让她存不住故事,好多同事、朋友都知道钱柜和鲜红色的预约卡这件事,让她一时间没法判断到底是谁写了这个帖子,也不清楚对方的目的是什么。要知道,田小萌从小到大没跟任何一个朋友、同学甚至萍水相逢的人真正吵过架翻过脸。

午休结束的乐曲响起来的时候,田小萌端着咖啡回到自己的座位上,坐在隔壁的潘瑜探过半个身子:"你干吗去了?我刚帮你签了一个快递,你买什么了?"

田小萌跟看怪物似的看着潘瑜。潘瑜跟她是在面试的时候认识的，两人分在一组做规定题目的辩论，当时潘瑜穿了一身特别上档次特别漂亮的正装，又干练又职业，田小萌看着她就像看着一个完美的范本。后来她们分在一个组里工作，潘瑜悄悄地说："我那套衣服是租哒！"她跟朋友聊天的时候总喜欢把"的"说成轻声上扬的"哒"——那张帖子里，也有好几处是这样写的！

田小萌要崩溃了。

潘瑜说："快点儿拆，是不是你前天订的杯子？"

田小萌想说话，又生生忍了回去，假装没事一样摸出剪刀，粗暴地拆那个包裹。

她清楚地记得，第一天上班忽然来例假，偏偏穿了米色的裙子，是潘瑜给她卫生巾，还从包里找了吊牌都没摘的新裙子："昨天买的，本来要拿去换个小号，你穿了吧。"田小萌感激地换上，把吊牌放在钱包里，回家一看才发现要四百多块，她把钱还给潘瑜，潘瑜不要，说这样感觉是卖裙子一样，"不如你出差的时候给我买礼物吧"。就这样，田小萌和潘瑜熟悉得很快，今年夏天第一次得到去日本出差的机会，她送潘瑜一个挺贵的达摩。那是日本传统的许愿玩具，新的达摩没有眼睛，据说要在许愿的时候画一只，等到愿望成了，再涂另一只。当天，潘瑜就把左边眼睛画好，摆在办公桌上，田小萌问她许了什么,潘瑜说,这玩意儿,说破了就不灵了,就不告诉你。

如果在论坛里写帖子八卦她的事情是潘瑜干的,那么田小萌真的很想把达摩要回来,不是因为小家子气,而是……达摩是很美好的东西,是真心诚意要她心想事成的,但现实太丑陋。

"真漂亮啊。"潘瑜捧着那对手绘的杯子,"把这只蓝色的匀给我吧,好不好?"她摇着杯子笑着说:"哦,亲爱哒,你最好了!"

"好吧好吧。"田小萌不想讨论杯子,只想直接问"楼主是不是你"。潘瑜察觉了,悄悄问:"你怎么啦?'大虾米'又给你打电话啦?"

田小萌看看潘瑜,看看潘瑜手里的杯子,看看她们之间薄到可以无视的隔间板,再看潘瑜,最终决定不提帖子的事,转回去工作:"你要匀杯子可以,第一,帮我洗了拿来,第二,别再提'大虾米'!"

潘瑜高兴地飞吻她:"好哒,小萌萌!"

小萌萌?田小萌浑身起鸡皮疙瘩,这个叫法让她联想到小月月继而联想到那个八卦帖子,因此看着潘瑜背影的眼神越发复杂起来。趁四下无人,田小萌瞄了一眼手机,跟帖已经达到了 39 页,最可恶的是,许多人都是留个捂嘴笑的表情而已——笑什么笑,有什么好笑!潘瑜在饮水机那里摇手,用口型问田小萌要不要加水，田小萌后悔地连杯子都想要回来了。

　　但是她不能。她没有魄力当面揭穿潘瑜八卦她的真相，更不知道如果两人翻脸之后，在同一个办公室里要如何相处。跳槽吗？不，这个工作是好不容易面到的。要跟领导说"我和潘瑜吵架了所以要换个小组"吗？那才是极品吧！难道，即使知道了身边每天对自己笑的人转身就在网上把自己形容得一无是处，还要假装若无其事吗？

　　回到家里的第一时间，田小萌就把那条四百多块钱的裙子找出来，放在待捐衣物的袋子里。既然不能直截了当地表达厌恶，总可以扔条裙子出气。晚上的时光因为这件事变得又冷清又难过，田小萌给董冉发短信："你跟我聊聊天吧。"董冉大概是用电脑客户端回复的，速度极快："等会儿吧，我这儿还有点儿活没完，半小时以后给你打过去。"

　　田小萌只能边吃水果边上网，但是，一路回家下定决心再也不看那张帖子的勇气被好奇和气愤打败，终究相当自找不痛快地点开了那个客流量极大的论坛。果然，那张帖子正挂在首页第十五的位置，而时间和发帖人 ID 都显示，楼主刚刚更新了。

　　更了什么？田小萌浑身都发抖。她拼命回忆和朋友们逛商场的各种事情，尤其是潘瑜。潘瑜认识每一个服饰品牌，用三种不同色号的粉底，还很喜欢名字是四个字的那些世界名车，她也认识可卡犬和贵宾犬，更是一眼就能看出哪个花色的围巾是哪个品牌哪个系列的。只有这样的人才会注意到别人是"品牌盲"的举动，并且认为这是好笑的！田小萌相当确定，潘瑜不止一次在田小萌想要 A 品牌的护肤品却转到 B 品牌的柜台去的过程里说过："又错了，亲爱哒！你说你怎么就记不住呢？"

但是点开最近更新的内容，田小萌就傻了。回帖的人纷纷表示上面的事情"不给力"，要求楼主写更劲爆的，所以楼主更新了一段，说 TXM 和她的前任男朋友如何分手。两人门当户对、青梅竹马，跟楼主也是好朋友，但是有一天，小伙子忽然跑到楼主家里去，说再也受不了了，TXM 每次跟他接吻的时候都要特意让家里养的狗看着，亲到一半还说"宝贝儿你看见了吗"，经常先亲狗，亲完了就亲他，然后再亲狗。最可怕的是，前男友不止一次发现 TXM 的电脑里有小黄片，口味相当重，还有好多是女同性恋的呢！逼到忍无可忍，男朋友这才找 TXM 分手，大闹了半个月，终于如释重负地摆脱了极品的 TXM。

此情节一出，回帖的人都大呼"太变态啦"、"太过瘾了"，并且强烈要求楼主写更细节的。谁知道楼主轻描淡写留下一句 "明天还要上班"，就此下线，大家只能开始讨论到底是 TXM 比较不正常，还是她的男朋友翻看别人隐私比较不对。

　　田小萌忍不住眼泪，却不肯低头哭，只觉得屏幕上的字一会儿就被上涌的泪水模糊了，一会儿泪珠掉下去，它们又清楚起来。正是北方城市里快要供暖的时间，屋里很冷，只有管道里哗啦啦的试水声在响，物业一家一家挨个敲门，要求业主给暖气排气减压。田小萌假装听不见，整个人蜷在沙发里，冰冷的手握住冰冷的脚。

事情越来越无法接受了。她害怕狗，喜欢金鱼；她从来没有看过 AV，听到男同事讲黄段子会觉得心跳很快；她确定自己喜欢男人，而且……如果不是"大虾米"强夺，她的初吻也还在。她是有一个前男友，是上一个工作单位的小领导，开始看不出什么异样，两人交往了大半年，一切正常，但某次他送她回家的时候，在漆黑的楼道里忽然把她推到墙壁上，非要跟她接吻。田小萌被强吻了好久，恰好等到了保洁员上来推垃圾车，这才得以安全进门并成功地把对方关在了门外。那种黑暗里完全无助的感觉令人恐惧，他悻悻离开的时候驼着背，贴着墙走，活像一只丑极了的大虾米，那个形象在田小萌脑袋里挥之不去，越想越后怕，当天晚上就发短信要求必须分手。但"大虾米"从此就开始了对田小萌无日休止的骚扰，搞得她午休时间不敢打盹，生怕"大虾米"会从她身后经过，突然把手放在她的衣领里。

　　这一切的一切，跟帖子里讲述的所谓事实，完全不同。

　　尽管田小萌大可以从前男友这件事上断定那个 TXM 根本不是自己，但折磨人的是，楼主写的许多细节，诸如在家的时候不喜欢穿袜子、喜欢用小剪刀仔仔细细刮指甲缝，等等，都能证明楼主说的 TXM 就是她，甚至，楼主的 IP 地址和她在同一个城市——世界虽然大，又能有几个人跟她的遭遇、癖好、特点一模一样呢？

物业砸门的声音更狠了："809！809有没有人？"田小萌撩起睡衣下摆使劲擦了擦脸，提高本来就很高的嗓门吼过去："没人！"物业骂了一声就走，暖气试水的哗啦啦响声更频繁更吵了，田小萌神经质一样频繁刷新页面，看大家发更多的捂嘴笑的表情。就像一个鲜活的剧场，她是主要丑角，层层叠叠的围观人群的窃窃私语，让人浑身说不出的难受。

　　田小萌因为父母的关系转过很多次学，换过三个城市生活，因此一直没有什么特别持久稳固的友情。到了大学，她的家离学校不过几条街，因此常常不在寝室住，直到大三的时候，她在一个跟现在一样没放暖气的能冻死人的秋天晚上去隔壁寝室领宿管阿姨发的表格，认识了同级不同系的董冉，结果两人意外投缘，这几乎是她的第一个可以称为闺蜜的朋友。而潘瑜是这些年来跟她走得最近的人，每天都分享同一个工作空间，遇见几乎相同的人，做类似的事情，所以，田小萌忽然想起董冉说过的一句真理："大学之后，你不要妄想能交到可以贴心的朋友。"事实果然如此讽刺，潘瑜可爱的"哒"、亲切的笑、她的裙子她的达摩她的杯子，都化成了田小萌心里青面獠牙的鬼。

　　为什么……田小萌粗暴地直接揪掉电脑电源，瘫在床上。董冉大概是太忙了，竟然忘记打电话过来，她不好意思直接拨回去，因为董冉和别人合租着一个二居室，万一自己的大嗓门把董冉的室友吵醒，岂不是会被说得更极品？就好像潘瑜在房间里装了摄像头一样，田小萌蒙着被子睡了整整一夜。

太阳升起来的时候，暖气试水已经结束了好几个小时，昨晚暖过的房间在对比之下忽然冷得无法忍受，田小萌穿着羽绒服肿着眼睛在厨房给自己煎蛋，下定决心一定要跟潘瑜摊牌。

潘瑜不在。据说是有个急活儿，客户催命似的要结果，刚好她今天值日来得早，又擅长这个项目，因此被上司打发到客户那边帮忙去了。田小萌读完放在桌上的留言条，翻个面，背面是更潦草的一行字："地还没扫完，靠窗的那边，你替我划拉两下吧~"结尾是个波浪线，田小萌似乎听见了没写出来的那句"亲爱哒"，那种因为帖子的楼主惯用小波浪线当逗号以至于感觉整屏的字都笑得花枝乱颤的错觉又出现了，她看大家都在早晨的忙乱里低头工作，敏捷地坐进潘瑜的位置打开电脑，顺利输入密码——潘瑜的密码就是办公桌编码，只有三位数，想不到的简单，她告诉过田小萌。

浏览记录里没有那张帖子的地址，倒是有一个视频网页，日本阿婆颤巍巍地给达摩涂眼睛，黑色的，特别圆的眼睛从屏幕后面看着田小萌，她呼吸不畅。

"你在这儿干吗呢？"主管她们的领导走过来，"这不是潘瑜的座位吗？"

田小萌只能回答："她派出去了，忘带一个文件，我找出来传给她。"

领导放下一份企划资料就走，踢到了墙角不知道谁扔的三五个速溶咖啡包装袋："嘿，这卫生打扫的！"抬头就是值日表，领导张望一眼，还没找到今天的负责人，就听见田小萌的大嗓门了："潘瑜。"三三两两来上班的同事只是被声音吸引，一抬头而已。田小萌关上潘瑜的电脑，桌子上的达摩张着一只眼睛望着她，她把它的脸转到后面去了。

也许潘瑜跟她一样，是用手机上网的呢？田小萌仔细地琢磨了一下，电脑里没有浏览记录也什么都说明不了，因为最确凿的证据是，也许有超过五个以上的人很熟悉田小萌的细节动作、糗事，但是能够和她一起逛街的，只有董冉和潘瑜。但能够达到"忍受不了闺蜜"这个地步的，仅有最近一两年和她相处时间最多的潘瑜。甚至，有时候，她们下班后还一起吃饭一起逛街，直到晚上才各自回家。潘瑜喜欢吃烧烤，经常和田小萌去一家自助餐厅，大份大份地吃肉，频繁地让服务生来换烤盘。每到这时候，田小萌的大嗓门就派上了用场，潘瑜总是喝着可乐笑盈盈地看她在人声鼎沸里隔着好几个大桌叫人："哎，那个小弟！"

田小萌心不在焉地做着手里的工作，每半个小时手机就会定时震动一下，提醒她刷新那张帖子。一上午过去，底下催更新的人越来越多，但是楼主始终没有出现。是啊，田小萌想，潘瑜你在客户眼皮底下干活，总不能还三心二意地编故事吧！

午休前的那次震动提醒似乎间隔很短，田小萌切实体会到了什么叫"心都揪起来了"，以为是楼主开始更新，结果是董冉的短信："能接电话吗？"

能，当然能！田小萌一面往公司楼上的天台跑一面回短信，很快，董冉的声音出现："那混球怎么知道你电话的？你不是换手机号了吗？家都搬了，他还要怎样啊？"和平日没任何区别的语调，田小萌在天台上的大风里眯起眼睛，仿佛看见了董冉仗义的脸："不是'大虾米'，是我和同事处得不愉快。"

董冉说："是潘瑜吗？她欺负你了？"她和潘瑜并没有见过，但由于田小萌，她们彼此都听过对方的名字。

田小萌没有实话实说。这种事令她觉得反胃、尴尬、难过，她希望和董冉见面细谈，这样，她可以和董冉坐在热气腾腾的火锅店里，躲在服务员注意不到的一角，肆无忌惮地掉个眼泪或者爆两句粗口。然而董冉说最近忙极了，新买了单反相机在学着用，工作之余还有私活，只能等周六了。

"周六不就是后天吗？"田小萌说，"你学单反干吗呀？"

"和我同住的那个姑娘认识一个开服装店的，我们就一商量，反正下班闲着也没事，干脆开了一个淘宝店卖衣服，这不是要拍照嘛！"董冉说话声音很小，大概是怕被公司其他同事听见，"这样吧，咱俩晚上约时间，我先吃饭去了。"

挂了电话，田小萌在天台上站了一会儿。城市很大很美好，她不确定自己的不愉快会多大限度地改变这个世界，从小到大，她就对朋友有种不确定的安全感，有了朋友才安全，但又怕失去朋友。大四毕业的时候，田小萌红着眼圈问董冉，是不是代表一切都结束了，什么室友啊闺蜜啊，领完毕业证立刻变成路人。董冉说，那怎么会，比如咱俩在一个城市，还不能每周见面吃个饭吗？这句话让田小萌挺安心的，毕业后的一段时间真的每周末都约董冉出来吃饭，哪怕是大暴雨天气。那次，董冉没料到雨那么大，只打了一把伞，出地铁口就被浇得湿透了，细细的高跟鞋在水坑里走得十分狼狈。田小萌也好不到哪儿去，俩人坐在寿司店里离空调最远的地方，董冉抿了两口清酒："相信我，即使不吃饭，闺蜜还是闺蜜。"

田小萌呼吸了一口并不新鲜的空气，决定回办公室——手里的工作还差两页，如果她飞奔下楼买个汉堡上来边吃边干，就可以匀出一点儿时间看看周末哪儿有打折的能吃饭的地方——转身看见潘瑜站在后面，田小萌抿了抿嘴。她根本不知道该说什么。

往常，她可以问问潘瑜"你来干吗"，现在，她决定沉默，以此当作摊牌的开头。

潘瑜说："你怎么了啊？从昨天就看你不正常，还有，你没帮我扫地啊,刚小领导看见我,连说带损的。真奇怪,我又不是专门来搞清洁的,你说他那么说话,有必要吗?"

田小萌握紧手机。闺蜜就是闺蜜,而同事永远是同事,隔着一层板代表的意义不仅仅是保持隐私,这堂课,她确定自己花了很大的代价学会了。风很大很冷,田小萌只穿着办公室里的套装,冻得都站不稳了,那些在心里囤积超过 24 小时的话,就应该像人体废弃物一样被痛痛快快地排出来,她说:"我不想帮你扫地。你可以写那样的帖子,我觉得我们没法再做朋友了。"说完,田小萌觉得自己快聋了,风怎么那么大,还是楼层太高,她耳边呼呼乱响,什么也听不到。

潘瑜似乎没明白,抓了一下田小萌的手,田小萌没有像拍电影那样扔开她。有其他几个男同事来天台抽烟。她因为恍惚着听不清潘瑜的问话而不得不加大声音:"你一面编故事一面八卦,为的是什么啊!我得罪过你吗?"

男同事纷纷看向这里,潘瑜急得堵她的嘴:"什么意思?你这么大声要干吗?"

"你嫌弃我嗓门大,可以直说,别什么 TXM 的,更不用上网编给不认识的人听!"田小萌丢下这句话,飞快地跑回办公间,奔进电梯。电梯里真暖,她一路向下,直达餐厅。仿佛所有人都看见了天台的一幕,都在注视她,田小萌低着头,大概是因为骤然冷暖的缘故而面颊通红,不得不用冰冷的手不停地给脸降温,好像她才是那个无聊的楼主一样。

潘瑜会怎么办?田小萌捧着汉堡挤进电梯里,会引发办公室战斗吗?她不确定。电视里小说里写的那种钩心斗角,她看看情节就觉得胃疼,更别提让它们真实地发生在自己身上了。可是……先背弃了朋友原则的是潘瑜,田小萌决定抱定这一点,大胆地走进办公室,迎接所有的目光——没有人看她,几个人在睡觉,上周新来的小美女收了个大衣的快递,正在给她对面桌的姑娘展示,潘瑜坐在位子上,左手飞快地摁着计算器,右手手指划过一串串很长的数字——那是她的工作。

田小萌从潘瑜身边走过,潘瑜抬起头,田小萌迅速看窗外,险些错过自己的座位。她假装自己没在意潘瑜的动向,打开了电脑,煞有介事地点了一个新闻专题。汉堡夹层里的千岛酱溢出来,糊在两腮上。

"田小萌。"潘瑜忽然叫她。

她来不及擦嘴,就这样滑稽地转过脸看着潘瑜。

"我上网搜了TXM的帖子,明白了,八卦版里那个对吧?"潘瑜的表情很淡定,声音很小,"楼主不是我。周二我跟我男朋友看电影呢,没时间八卦你。"说完,她转回去工作了,完全不给田小萌说话的机会,但是田小萌看见,她根本不是算账,是在乱摁计算器,可怜那黑色的小塑料玩意儿一直发出滴滴的报错声。

田小萌想吐。真笨啊……怎么就不知道先侧面问一句"周二晚上你是不是出去玩了"呢！她慌慌张张地用手背擦嘴，然后打开浏览器，输入了论坛地址。已经无暇考虑把这种地址留在单位电脑里是不是合适了，田小萌机械地点进那个熟悉的标题，直接拉到最后一页，回帖人说："真 JP 啊，她不是都27 岁了吗，怎么还啃老？"毫无疑问，"她"指的就是 TXM，而啃老这个新话题的出现，表示楼主刚刚更新了。

刚刚更新。田小萌被这个想法击中要害，全身麻木。刚才潘瑜在天台，即使算上下楼买汉堡的时间，潘瑜也无法迅速编好一段故事再发到论坛里去。尤其是……田小萌再次偷看了潘瑜一眼：她的电脑根本没开。

田小萌的脑子已经不转了，完全不考虑就把页面翻到最顶，她决定去注册一个马甲，发个站内短信给楼主，直接用最脏最下流的粗口"问候"对方一户口本。然而翻页的时候，田小萌发现楼主在论坛的自带签名条里放了一张会动的小猪扭屁股的图片，还做了一个超链接："小猪的店，原单外贸服饰，欢迎 JMS 来逛哟！"那小猪黑鼻子粉耳朵，转半张脸过来，捂着屁股扭得相当欢乐，有人已经点击了这个广告，并且回帖咨询楼主衣服的质量如何。楼主在主楼里补了一句话："以 TXM 为暗号来店里买东西的 JMS，一律包邮！"田小萌看不清那小猪的模样，手指已经在键盘上敲起来。通过客户端，她发了一条短信给董冉:"你的淘宝店,叫什么名字?"

"小猪的店,怎么,你要给我开张啊?"董冉回复得依旧那么快。

田小萌忽然站起来叫:"潘瑜!"

潘瑜不在座位上,对面的同事吓了一跳,和其他人一起抬头看田小萌:"她刚出去了。你不要一惊一乍的,嗓门这么高,她欠你钱了啊?"

田小萌站在那里无法移动:"没有啊。"

同事用手戳戳嘴角:"你埋头吃什么呢?"有人在远处窸窸窣窣地笑起来,田小萌根本不想看她们。

下午,潘瑜又去客户公司了,一直没回来。田小萌留到最后才走,按规定,值日的人必须检查办公室所有的电脑是否关闭,还要负责关灯关空调和锁门。空荡荡的房间里,田小萌路过一个又一个同事的桌子,终于回到潘瑜的位子上。匀给潘瑜的杯子里还盛着半杯红茶,她拿起来倒了,洗干净又放回桌面。本来想写个纸条,又怕明天先来扫地的同事看见,田小萌拎起背包回家去。

刚走到大厅,就接到董冉的电话,对方依旧是和大学时候一样温柔的语调、火急的性格:"哎,要不咱俩别等周六了,你要想看我的淘宝店,你到我家来吧,我这儿正整理货物呢,帮我拍……"

"你说什么？喂喂？喂……没信号啊。"田小萌挂断电话。

第二天早晨堵车，田小萌到办公室的时候，潘瑜正在收拾桌子上的零碎，大件已经搬到房间另一边的角落里去了。

田小萌脱口而出："你去哪儿？"

潘瑜看怪物似的看着田小萌："坐这儿后背钻风，多冷啊。"

田小萌刚要说话，另一个同事走过来帮潘瑜拿文件夹，她便呆呆地看着，不敢开口。她是个大嗓门，情急之下再讲出什么，会被整个办公室的人听见。潘瑜扔了一些小玩意儿，一件一件，丢在她和田小萌中间的那个铁皮桶里，砰砰啪啪，叮叮当当。

最吓人的一声出来后，潘瑜就转身走了。田小萌噌地站起来看，她送给潘瑜的达摩仰面躺在一堆笔芯废纸中间，左边眼睛涂得真均匀，浓黑溜圆，深渊似的一直回望着她，而右边，却惨白一片，空空荡荡。

这一秒，你有想法？写出来吧。

爱的
小摇滚

②

　　李今翱后脑勺上有块分明突起的骨头，要是在古代，足可以被当作谋反嫌疑人直接砍了。他也确实从小到大都不是听话的孩子，无论是读书升学运动体育还是违反校规打架早恋都取得了巨大成绩，以至于他毕业以后的好多年，仍然是学校里为人津津乐道的传奇。

　　不过最令他得意的并不是拿了常春藤名校的学位，而是十七岁的时候就把吴楚楚给"定"下了。当时他因为是"最精通抽烟喝酒打群架的年级第一"而非常出名，女生们都觉得他是全世界最帅最酷最聪明的男生，跟他说句话就会脸红心跳高兴大半天。只有隔壁班的班花吴楚楚把他当空气，她当时已经拿了化学和英语的全国竞赛金奖，正准备会考结束就去美国读书。

聪明、美丽、独立又有点儿神秘感，实在太让人着迷，李今翱花了大半个学期加上整个暑假对她展开了狂轰滥炸般的追求攻势，玫瑰花巧克力泰迪熊哈雷机车全部用上了，只可惜这个漂亮的女孩子最多不过笑一笑，大半年居然手都没被他牵到一下，就"嗖"地飞到美国读书去了。

耻辱，真是耻辱！他从小到大最好的哥们儿张松多年后提到此事仍然十分感慨："遭遇滑铁卢并不可怕，可怕的是那个败军之将破釜沉舟的决心。"

所有人都说李今翱没戏了，说吴楚楚去国外读书就是最坚决的决定和最彻底的拒绝。天生反骨的李今翱平生最讨厌的就是别人替他下结论做决定，于是暗自咬牙，这辈子非吴楚楚不娶了！高三那年圣诞节，他借口"练习英文口语"，请假报了个在美国游学的学生团，一出机场就彻底失踪，导游和旅行社五雷轰顶，都以为这孩子准备"黑"在美国当非法移民的时候，他却出现在预定离开的机场，手里紧紧牵着一个漂亮的中国女孩，特高兴地跟导游说："这是我媳妇吴楚楚，这是她机票护照，我们要挨着的靠窗的位子，谢了！"

七天的圣诞新年假期里到底发生了什么，迄今为止仍然是一个未解之谜，总之吴楚楚是和李今翱一起回家的，两家的父母当年春节便在一起吃饭。四年以后李今翱也去美国读书，夫妻俩都拿到常春藤名校的博士学位以后，本打算跟所有的留学生一样拿绿卡定居，李今翱的好兄弟、如今已经拥有一家相当规模公司的张松却递来橄榄枝："给人打工多没劲！给鬼子打工更是没劲的平方！回来给我当总经理吧，算你三成股份，将来没准给糊弄上市了，保证你资产过亿。"

　　于是就这么回国，李今翱进入张松的公司，有化学博士学位的吴楚楚则进入事业单位继续实验室工作，研究"可以帮助柴油燃烧更充分"的环保催化剂。一眨眼的工夫，回国已满三年，而从他们结婚到现在，竟然七年了。

　　三十岁的李今翱一点儿也不想起床，一点儿也不想保持提前三十分钟到公司开始工作的好习惯，一点儿也不喜欢陪客户吃饭打牌，一点儿也没耐心制衡平息公司上上下下各部门的矛盾和钩心斗角，一点儿也不愿意每天吃"最营养"的燕麦蔓越莓能量棒和纯豆浆当早餐，或者吃吴楚楚按照菜谱精准投料却永远不够美味的晚饭，甚至抱着吴楚楚依旧纤细性感的腰，他都没有当年那种过电似的兴奋感。

　　这认知让他恐惧，哪怕是易怒或者烦躁都不能让他如此惊恐，他发现他在倦怠，他的"反骨"似乎已被日复一日安稳丰厚却缺乏新鲜感的生活消磨殆尽,除非必要,他甚至懒得说话。

只有两件事例外,一是被父母大人、亲戚朋友、同事客户,甚至看门的大爷、做清洁的大妈有意无意问及什么时候要孩子或者为什么不要孩子,二是被人逼着做决定或者被人决定,前者让他对生活更加倦怠,而后者则成为唯一能激发起他少年时那种天不怕地不怕的杀气的事。

对此他的老板兼哥们儿张松一清二楚,每当公司有大事,李今翱打电话找到他,总会特无奈地说:"劳驾你也管管你那公司,别耍我一人行吗?"这个一年到头总在各地的情人之间飞来飞去的家伙就会特肉麻地回答:"大哥,我的就是你的,你决定,我支持,山无棱天地合,一生一世,海枯石烂,绝不反悔!"

于是就这么一步一步走下去,公司并未如他们预想中那样迅速扩张甚至混进今年新开的创业板圈钱,不过赢利水准还算不错,但张松这小子脑子活胆子大,这几年在国内的房市上赚得盆丰钵满,早对辛辛苦苦做货运外贸失去了兴致,因此常常大半年找不到人,一切都由李今翱全权代管。这在外人看来无限风光,背后却是一大摊子乱七八糟的杂事,做得好总有人怀疑他要弄空了张松的资产单干,做得不好又怕人说他不够尽心;提前上班说他给员工压力过大,稍微迟些又被人说是不能以身作则;政策激进说他拿别人的钱冒险,稳健保守又说他动力不足胆量不够⋯⋯进退永远像走在刀锋上,两面都是看不见尽头的悬崖峭壁,劳心劳力,怎么会不疲倦?

只可惜他是天生反骨最骄傲的李今翱,他不会说出来,那倦怠无处疏解,一点点几乎入骨,他甚至找不到发泄的渠道,所能做的不过又是一天一天继续"没死便去上班"的无聊生活,任凭所有的不愉快在胸中积蓄,他甚至期待气球被戳破的那一刻——要么死,要么重新活。

这一天一大早,部门经理们就一起来触霉头,每个人都抱怨说公司会议室排不开,部门例会无法召开,正常工作无法进行。李今翱觉得这事简直太离谱了:"你们有多少事非要占个会议室劳民伤财,QQ 群是摆设吗?年初你们不就说已经解决这个问题了吗?"

跟他最久、最受他赏识的下属王欢勇敢地替大家说:"QQ不能用了,李总。"

笑话!简直是笑话!李今翱记得十年前那只胖企鹅还叫OICQ 的时候,他和吴楚楚就开始靠它维持了漫长的四年的异地恋情,中间换过好几台电脑,QQ 也更新了无数版本,从中国到美国,从美国又回到中国,几乎很少出问题。虽说他现在已经不会像十几岁的时候那样不挂上去就觉得缺了点儿什么,却依然不相信那个中国最大的互联网公司会长时间让 QQ 无法登陆,于是他打开手机看了一眼自己的移动QQ,企鹅果然亮着,吴楚楚甚至在线。

他把手机放在办公桌上给他们看:"王欢,我记得你第一天到公司的时候就说电脑坏了,'像宇宙黑洞那样毫无反应'是吧?技术如临大敌,过去一看,您自己把电源线踢掉了还不知道呢!"

王欢的脸腾就红了,赶紧说:"这回真不是咱们的问题,貌似是腾讯跟奇虎打架,于是安了360的电脑就不能上QQ了,上去就掉,然后弹一封信,说:'为了广大客户的利益,我们做了一个艰难的决定……'"

李今翱黑着脸打开电脑上的QQ,登陆张松的满级VIP账号,果然看到了腾讯公司发出的宣誓信,中心意思就是不卸载360,就别想用QQ,企鹅亮了又灭,再登陆便一直失败。李今翱平生最讨厌别人替他做决定,小到玩什么电脑游戏去哪儿买鞋子,大到要不要抽烟喝酒打群架跟谁结婚什么时候要孩子。什么时候一个通讯软件也敢对他的电脑装什么杀毒指手画脚了?更何况去年开始整个公司的电脑都装免费的杀毒软件360是张松为数不多的"亲政"之一,然后这个慷慨的老板并没把省下来的钱塞进自己的腰包,而是让行政给公司员工都按月买QQ的会员服务:"看着体面,又方便工作,多好!"

整间公司几百个付费用户,居然因为装了一个普通的免

费的杀毒软件而不能享受服务,这简直太他妈的雷了!倒霉的QQ真应该五雷轰顶,让大家吃个外焦里嫩的活企鹅!

李今翱黑着脸把部门经理们都赶出去了,让他们自己想办法解决开会的问题:"每天就给你们解决这些事,我还干不干别的了?"自己却忍不住叫进秘书:"从现在开始,你就打他们的客服电话,问,付费用户凭什么不能登录,它一个通讯软件,也就是一电话,凭什么管我用什么牌子的保险箱?问他什么时候给我们解决问题,赔偿损失,打工信部电话投诉他们,什么东西!"

那个眼睛很大的年轻女孩笑眯眯地应了,特俏皮地回答:"李总你别生气,不打到他们总裁出来道歉,我绝不罢休,放心吧您哪!"

今年公司的业绩不如往年,人民币汇率不断走高和大宗工业品的价格上涨让李今翱他们这种以货运外贸为主的公司受冲击最大,眼看年底将近,几乎不可能达到之前计划的赢利目标。李今翱因此忙得要命,几乎很快就淡忘了早晨一个小软件引起的不快。到傍晚,吴楚楚打来电话,说:"亲爱的,颜妍到国内工作了,晚上可有时间去他们的新家,和他们夫妻一起吃顿便饭?"

李今翱记得那个学生时代一直保持板寸头的爽朗姑娘,知道她和吴楚楚一起合住了整个大学时代,是绝对的闺中密友,他当然要给自己老婆面子,不仅准时到达,还带了一大束花和一瓶上好的香槟酒。颜妍家请的阿姨烧得一手极好的安徽菜,色香味俱全,主人和客人又是多年不见的好朋友,自然气氛十分好。只是酒酣饭饱之后,颜妍那位如今在一家大型央企做技术总监的丈夫一直跟李今翱聊工作上的事,到最后还暗示他一切已经安排妥当,只要他愿意,立刻就可以去他们公司做营销方面的副总裁,这让他十分纳闷。偶尔瞥一眼吴楚楚,却见她笑吟吟看向自己,那目光中都是鼓励甚至怂恿,李今翱便全明白了。

长久以来积聚的无名火被早晨的"企鹅威胁事件"已经吹得老高,此刻妻子的行为几乎是火上浇油,他觉得耻辱和愤怒,简直一刻也待不下去,表面上客客气气地道别,可是一走进电梯,那拳头就握紧了。

一进家门吴楚楚就没好气地先开火:"喂,颜妍老公的公司哪里不好,收入高福利好又十分稳定,职位专业都适合你,怎么就……"

话音未落,李今翱已经踢翻了一只布艺团凳,茶几上那盆半死不活的含羞草刷得合上了所有的羽状叶片,就像是个受气的小媳妇那样,委委屈屈地缩成一团。

吴楚楚当然不是受气的小媳妇,聪明一世的化学博士为了平稳情绪,转身去厨房里倒了半杯水送服复合维生素片,一双美丽的眼睛里尽是迷惘和不解："大型央企虽然不及你那里自由自在，却毕竟最稳定，出了事大家承担不必你一人独撑大局，朝九晚五待遇丰厚福利又好，这些年你那里收入虽然丰厚，却实在劳心劳力，你已经很累，我都知道。"

如果后半句是昨天晚上，两个人枕着鸳鸯枕裹在同一条被子里说的悄悄话，那李今翱一定会被妻子感动得掉眼泪，并且回以最深情的拥抱和最温柔的吻。可是现在不一样，他的怒火已经把他的反骨都烤红了，而吴楚楚替他谋求职位的这种行为本身则同时挑衅了他作为男人的尊严和天性里的叛逆不服从。李今翱忍住不摔东西，却忍不住又踹了一个大象造型的木头团凳，它砰的一声撞在墙上，漂亮的木雕象牙咔吧折断，满地碎木屑。

吴楚楚心都要碎了，这对大象团凳是李今翱在美国读书时用省下来的奖学金从犹太市场上淘来的，样式古雅雕工精湛，也许是东南亚某个国家的古物，它们俩驮着他们俩度过了最清苦又最美好的留学数年，见证着那些倾心相爱的岁月，回国的时候，托运公司弄丢了其中的一只，仅剩的这只竟也遭到厄运。她委屈，难过，不明白李今翱这是怎么了，他难道不明白她所做的一切都是为了他和这个家吗？

李今翱显然没想到这样严重的后果，亦觉得非常可惜，只不过他天性叛逆又豁达，绝不像女人那样能在物品上寄托感情，甚至对此一无所知。何况现在他积聚多日的愤懑已到极限，他已不能控制自己，他进一步接着说："去那公司有什么好，车房你没有吗？家用不够吗？听好了，就算我不想给张松打工了，找我的猎头也能从这儿排到天安门，用不着媳妇给我出头找工作，嗯？新鲜了，当年十多个混混给我堵死胡同里亮刀子都没弄死我，如今不就是个人民币升值吗，我还能给淹死了？洗洗睡了，什么事啊，当电话的非要换保险箱，当老婆的非要管我在哪家公司！"说完转身就走，跑到露台上抽烟去了。

吴楚楚的眼泪就在眼眶里转，她现在完全不能冷静下来检讨自己的行为亦有不当，只觉得十几岁时候那个目空一切只会考试和打群架的痞子又回来了，完全无法沟通，也许她不应该被那个一个人的圣诞节里突然出现的男孩所感动，不应该义无反顾地爱他这么多年，她无法改变他无法驯服他骨子里深刻的叛逆和冒险的天性，亦无法像那些平庸的小女人一样无条件服从爱人的决定，也许，是她错了？

吴楚楚一夜未眠，隔壁书房的李今翔却睡了个好觉，妻子的决定在他看来是极端错误的，却反而替他赶走了内心深处那个一直叫嚣着"辞职把股份还给张松找个踏实的职位朝九晚五"的魔鬼。冷静下来的李今翔早晚会想清楚，这样的念头其实就是他疲倦的根源，这么久以来，一直试图游说他放弃冒险和叛逆的天性，成为这都市几百万上班族中平凡的一员，顶多,是相对高级一点儿的那一小撮。

用真实的自己换半生平庸安稳,谁会这么傻?

如果吴楚楚不是那么独立又那么聪明的女性科学家,如果她的偶像不是丧夫之后独立研究拿到诺贝尔奖的居里夫人,那么她几乎确定能等到那个叛逆狠辣如同孤狼却又温柔忠诚如同大狗的男人主动道歉,只可惜生活没有如果,在他们婚后第一次为原则性问题争吵并且第一次持续冷战超过三天之后,李今翱发现吴楚楚不见了,岳父岳母对他寻人的电话表示惊诧:"咦,楚楚的单位派她去美国四所大学访学四周,你不是昨天才送她去机场?"

天!李今翱脑子嗡了一声,挂掉电话终于想起三个月前他难得休假,懒洋洋地躺在沙发上漫无目的拨着遥控器的时候,妻子曾经提过这方面的计划,他左耳进右耳出,连话都懒得说,只含含糊糊地应了个"嗯,挺好的"。然后便再也没有关心,他甚至记不得最近一次认真地拥抱吴楚楚是在多久以前,作为丈夫,这可真浑蛋。

那个惯于寻花问柳的张松得知此事以后,居然还敢非常嫌弃地评价说:"怪不得人家都说'常春藤下多败类,负心皆是读书人',楚楚多好一姑娘,十七八岁就让你给糟蹋了,还不知足!我要在同学会的时候揭发你,看当年那些惦记楚楚的家伙不拆了你的骨头抽了你的筋!"

李今翱跟这个好哥们儿自然不必客气，相当愤愤地回击说："就你没权利说这话，要说糟蹋小姑娘，谁比得上你？"

岂料张松一点儿也不脸红，反而笑眯眯地给他斟茶："这不一样，大哥，我是用房子车子人民币去买她们的身体和时间，彼此都知道这是做生意。而你不一样，楚楚是用她的一辈子倾家荡产买了你，你却还当自己二十岁，自由身，一个人吃饱全家不饿，她能不担心吗？换你你能不生气吗？听说过没有，家里那个是红旗，红旗一挥，解放军都跟着冲，你算什么，还敢违反军令！真应该拖出去杀了！"

这个真痞子真无赖说话真是太有意思了，李今翱竟然越想越觉得有道理，却见张松忽然黯淡下来，抿了口茶眯起眼睛说："跟你说个事儿，你别害怕。"

"我是吓大的吗？说，要破产还是要卖公司，我撑得住！"李今翱敏锐地察觉到这回还真不是开玩笑，于是放下茶杯，征询地看着张松，后者耸肩，假装无畏："我认识的一个妞儿最近查出病了，艾滋，我昨天去检查了，三周后出结果。呃，我和她就几次，好像都用了安全套，但科学说了，病毒比蝌蚪小好几个级别，套子不一定网得住。"

李今翱说不出宽慰的话，更不能指着鼻子骂这个好哥们儿："我就知道，早跟你说什么来着！"张松像被老师批评的小学生那样，沮丧地狠狠揉了好几下后脑勺，脸色不大好却仍然相当镇静："如果没事，我打算找个好女人结婚，这些年玩得够戗，现在老天爷都发黄牌了，我得赶快夹起尾巴改头换面重新做人，老爹让我接他那公司，所以这边，我不想要了。"

李今翱点头同意："给我一个月就能整理好全部账目供对方审计。"

"去你妈的！"张松瞪着他爆粗口，"这几年都是你赚的，我早就回本还赚了好几倍，卖公司太麻烦，便宜外人不如便宜自己大哥，过户文件都在这儿呢，你签个字快递给律师办手续，别那么多废话！我一背黄牌的人，我容易么我！"

这真是意料之外，李今翱有点儿晕，却又知道张松现在的决定不是任何人能够改变的，这小子虽然没有反骨，可后脑勺却有三个旋，恰恰印证了传说中"一旋横二旋拧三旋打架不要命"的说法——当年李今翱让混混堵在死胡同里的时候，就这小子抄块板砖冲进来见人就拍，两个人伤了四五个出来都是一身血，从那时候开始，他们俩就是亲兄弟。

所以他并不说那些虚伪的客套话，而是相当认真地回答："行，你要没事就算了，我就当这是你给老天爷交罚款，破财免灾，真要是不好……治病要多少钱，累吐血我也给你赚出来！"

张松真想拥抱李今翱，念琼瑶戏里那些烂大街的对白恶心死他，可是他终究没有，而是站起来，说："行，我这就走了，从明天开始你放假，赶紧去美国重演历史，把楚楚接回来。归根结底你俩吵架跟我也有那么点儿关系，所以不要再给我增加压力了，我已经很严重了！"

李今翱真心实意地说："谢了兄弟。"张松却只是摆了摆手，仿佛不经意地捎走他用过的茶杯，弄得李今翱差点儿吼他："多看点儿书，那个不传染！"

这话当然不能说出口，李今翱坐在办公室里半天都不能平静，张松虽然轻松，可是这趟过来，却明显有"交代后事"的意味，物伤其类，让他怎能不许多感慨？有个故事说，某两位九十多岁的老夫妻每天临睡前都要跟对方说："我爱你。"旁人都觉得肉麻，可是当事人却平静地回答："那是因为我们每一天都可能醒不过来，我们想让彼此的最后一句话是最温暖最真挚的'我爱你'。"

可是他呢？他爱了十多年的女孩走以前，他们激烈地争吵，彼此伤害，他把对于他们俩来说有着重大意义的团凳踢到墙上，碎裂的不是木雕的象牙，而是妻子的心，他记得她茫然欲泣的眼睛，可是他却只是愤懑地关上书房的门，如果再有一次机会，他一定会狠狠地拥抱她，吻她，给她做最深刻的检讨。

李今翱做了个艰难的决定，他决定把张松转给自己的七成股份全部记入吴楚楚名下，然后将公司暂时交给自己的副手代管，顺便把张松叫回来干几天："实战演习对你有好处，不然小心伯父那公司几千人让你给玩失业了,黄牌变红牌,直接罚下,禁赛三场!"

张松哀哀叫,不过还是相当义气地跑来上班,甚至得知李今翱只打算去七天的时候还慷慨地拍胸脯说:"你现在这么大岁数了,勇猛不复当年,七天肯定不够,拿十四天去!我盯着!"

李今翱笑起来,狠狠拥抱张松,十几岁面对数倍于自己拿刀子的混混时那种无畏的豪情又回来了,他扬眉笑说:"太小看人了,你敢多盯七天,我就敢带着媳妇去趟夏威夷,你就哭去吧!"

张松才不在乎呢,他大笑,一路送到机场,临别时又说:"对了,我要真变红牌了,下场前你可得把当年那个七天之谜告诉我,不然我变鬼也不放过你。"

李今翱眨眨眼睛:"美得你!再等那么三五十年,等你八十大寿的时候,我跟我媳妇给你演一遍都行,之前,想都甭想!走了,再见!"

张松看着他头也不回地消失在安检口,忍不住又使劲揉了揉自己的后脑勺,哼道:"滚吧!等我黄牌撤销了,看我不叫私家侦探把你这小气鬼查个底儿掉!"

大洋彼岸,吴楚楚刚刚结束了一天的访问学习,准备走回接待方安排的小公寓休息。也许那句"情场失意战场得意"的老话真是有道理,她的工作比想象的更顺利,这边的研究机构负责人与她当年读博士时的导师是同学,对她的研究方向又非常感兴趣,因此一直在游说她加入他们的实验室。提出的薪水待遇都算十分诱人,此时此刻,她甚至心动,所以并没有一口回绝,而是说:"请让我再考虑一下。"

一周以来,这里一直在下雪,天黑之后人总是很少,好在小城的人都非常友善,往往会摇下车窗问路边孤独走着的人要不要搭车,那灿烂的笑容会让人心里暖洋洋的。不过吴楚楚更喜欢散步,路的两侧都是高大漂亮的杉树,现在居然开始有工人爬上爬下地挂圣诞彩灯,在半明半晦夕阳西下的时候走在这样一条路上,会让她有种时光倒流的幻觉,记忆里第一个异国他乡的圣诞节,她所有的同学都放假回家,只剩她一人。她的手套和围巾在圣诞狂欢和抢购的拥挤中不知所终,一个小女孩抱着几公斤的食物和生活用品踩着雪挪回公寓,路上一个人也没有,家家都亮着灯,绿化树上都是彩带,可是那是别人的节日别人的温暖,她哭了,然后泪水划过的皮肤像刀割似的疼起来。就在她疼木了冻僵了简直就想死在路边的时候,有辆出租车停在她的身边,把一个背大旅行包的男孩扔在她身边就绝尘而去,那人似乎打算问路,可是在看到她的脸的一瞬间,他就叫起来:"楚楚?天,出租车急着下班,我还正打算打听你那地方怎么走!"

吴楚楚觉得这是卖火柴小女孩的梦境，一下子软在李今翱怀里再也动弹不得。李今翱回忆说当时他不知道哪儿来那么大力气，居然背着旅行包，抱着吴楚楚，胳膊上挂着吴楚楚的购物袋奔了快一公里回到吴楚楚住的公寓，还无师自通地包了一锅饺子，煮好了热气腾腾地端给吴楚楚吃，长途飞行一路奔波的疲倦和对于异国他乡的那一点点畏惧通通消失不见，他看着吴楚楚一边掉眼泪一边吃饺子，心里就觉得特满足，特值。三十岁的吴楚楚还记得那时候李今翱第一次红了脸，结结巴巴地问她说："能当我女朋友吗，我喜欢你。"

　　吴楚楚用拥抱回答他，他们用电影里常见的方式接吻，彼此都没有任何技巧，还有一股刚吃的卷心菜鸡肉饺子味儿，可对他们来说，这个生涩的吻却甜蜜得像酒。

　　那味道那么甘醇那么醉人，甚至多年以后，吴楚楚想到那一刻，不由自主地轻抚自己涂了唇蜜才能如过去般红润美好的嘴唇，整颗心都像是渍过的橄榄，酸酸涩涩，甚至微苦。

　　整整两周，李今翱没有一个电话，哪怕是她嘱咐了父母不要告诉对方自己的行踪，哪怕是她拒绝打开可以使用国内号码的手机，可是她仍然觉得伤心难过——难道他真的变了，这十多年的爱，真的就这样结束？

　　吴楚楚孑然立在雪地里，遥望别家的灯火，假装自己也因此得到了温暖，末了她终于转身走向回家的路。远远的，有那么一个高大的男人站在街角,左手拖着箱子,右手拎着好大好大一个超市的大口袋,整颗的卷心菜滚落出来,正好停在她的面前,她把它捡起来,然后就看到了李今翱的笑容,映在那双黑眼睛里的她已不是十几岁的少女娇艳如含苞欲放的花,她眼里的他眼角眉梢亦有了深深的笑纹。他们不是少男少女了却依旧年轻,李今翱把她打横抱起来,一如当年,可是走了没几步,就不得不停下来,做了个艰难的决定:"这回咱们改背的,行吗?"

吴楚楚笑得眼泪都出来了,她接过李今翱在超市买的那一大口袋东西,一面嫌弃着美国的卷心菜没有中国的甜,一面赞美李今翱居然找到了韭菜和猪肉,李今翱背起他的女孩他的老婆。一路走下再不像十几岁的时候那样不知疲倦,他觉得沉重,是责任是两个人的一辈子,可是她柔软丰满的胸就顶着他的背,他能听见她的心跳和自己的心跳相携与共,在飘雪的黄昏,仍然让他觉得那么温暖。于是哪怕疲倦哪怕烦躁,哪怕生活再不可能回到快意恩仇无所顾忌的少年时,他仍然觉得快乐和踏实,他问吴楚楚:"老婆,张松把公司给我了,我把它登记在你名下,以后给你打工,保证任劳任怨,绝不计较个人得失,什么都听组织安排,行吗?"

吴楚楚觉得生活像个韩剧一样充满了各种荒诞的不可思议,但是像李今翱这种男人向来言必行,行必果,她相信他说的每个字都是负责任的都是真的,她决定做个"难得糊涂"的女科学家,在李今翱擅长的领域完全听他的,她赶紧检讨:"那件事是我不对,我应该先跟你商量。"

李今翱特严肃地回答:"行,我原谅你了,不打招呼就跑到美国这件事,我也原谅你了,因为我连累你犯了这么大两错误,我决定罚自己洗一个月碗,谁跟我抢我就抽谁!"

吴楚楚噗地笑出声来,在实验室每天都要洗无数烧瓶试管蒸发皿的女博士最恨就是刷碗了,李今翱当然知道,他简直是天使!幸福的小女人把脸贴在老公的脸颊上,觉得特幸福,于是她也艰难地做了个决定,贴着他的耳边说:"亲爱的,咱们要个孩子吧?"

这意味着她必须离开心爱的化学实验室至少两年时间,绝对是女科学家攀登科学高峰路途上最险恶的绊脚石。吴楚楚这样的决定真让李今翱心花怒放,他不仅一点儿也不计较老婆替他做出了人生最重大的决定,还乐颠颠地跟着决定了:"行,我马上戒烟!"

吴楚楚扳着指头数:"戒烟,戒酒,早睡早起,多锻炼,哼,你要干的活儿,还多着呢!"

是夜,李今翱和吴楚楚的"造人大计"刚要开始,一个越洋电话特没眼力见儿地叫个不停,李今翱一看是背黄牌的张松,立刻毫无怨言地接起来了,后者的心情大好,他说:"两个好消息和一个坏消息,你要先听哪个?"

李今翱的心一哆嗦,生怕那坏消息就是黄牌变红牌,于是平生第一次鸵鸟地回答:"先说好的。"

"年初你一直想合作的那家欧盟公司跟咱签合同了,第一笔生意就能赚三百万。"张松非常得意,"可见我就一福星,一来高照你这地方,呼,什么都搞定了。"

如果这小子站在面前,李今翱肯定要抽他大脑袋,省得他得意忘形,嘴里却假模假式地恭维:"你多牛啊,打遍一条街没有敌手,小孩一听你名字都不敢哭了!"

张松才不理他呢,接着说:"我给医院塞了点儿钱弄了个化验 VIP,刚刚,五分钟前,结果出来了,阴性,哈哈!"

李今翱下意识地拥紧了身边的吴楚楚,眼圈一下就红了。对他而言,张松没事比公司上市自己成为亿万富翁更令他快乐,喜极却只能黑着脸骂他:"老天爷饶你这回,你可得注点儿意,下回可没这么好运气!"

张松连声称是:"大哥,你就是我榜样,我肯定好好的,给我爹好好干活,周末去北大读个 NBA,然后……:"

"那叫 MBA,工商管理硕士,NBA 是打篮球的,小心摔死你。"李今翱笑得都快掉眼泪了,吴楚楚了解他们兄弟的感情,便凑过去吻他,他的心跳因此乱了好几下,嘿,谈恋爱的过电感都回来了,真他妈的棒!

张松向来对自己没文化这件事非常得意，因此一点儿也不生气，特高兴地说："对对，就这个，我去报名回来的时候，看见红十字会给艾滋儿童募捐呢，结果我一高兴……咳咳，就把你那三百万给捐了，你不生气吧？"

当然不，绝对不，李今翱大笑："这是坏消息？不不不，简直没有更好的了，无功受禄，我本来就不安呢，正好给老天爷缴税，保佑我明年升级当爹。喂，你，赶快给我儿子找个靠谱的干妈，听见没？"

张松笑容可掬："瞧好吧您哪，那个，我就不打扰了哦，再见。"

李今翱早迫不及待地把电话扔到屋角去了，他用尽力气拥抱吴楚楚，做了个最轻松却最郑重的决定："楚楚，我爱你，只有你，无论做什么决定，我都服从。"

吴楚楚一点儿也不珍惜这男人最珍贵最郑重的许诺，她回答："我也一样，我只爱你，今翱。"

这一秒,你有想法?写出来吧。

狂奔的棉花糖

③

　　地铁里的人不可思议地多,杨婧然确定,有那么几分钟的时间,她的双脚绝对不在地板上。下班高峰期的车厢线里,她觉得相当不透气,只有车在隧道里开的那一点点时间,她可以闻到从换气扇里透进来的不一样的空气,尽管那也一样不新鲜,但至少和她呼吸的这一片有所不同。

　　一点儿微不足道的改变也是改变,所以杨婧然相当敏锐地察觉到了一个煎饼的经过——是一个穿着明显很土的保姆带着一个拖拉杆箱上学的孩子,孩子手里有一盒肯德基的鸡米花,保姆手里是一个香到不能想象的煎饼。

为什么煎饼会这么香?杨婧然凭借一米七五的身高优势,从大家的肩膀上方看见那个被吃了一半的煎饼,心里忽然一动。她提前在一个大型换乘站下车,穿过长长的通道,去往另一条地铁线。挤挤挨挨的人群里,她相当娴熟地一面护着自己的包,一面给妈妈打电话:"我晚一个半小时回家。"

"现在已经六点了,你去哪儿?"妈妈杨燕相当着急,自从她的浑蛋丈夫二十八年前在她要生孩子那一周抛妻离家之后,她没有再嫁,生命里唯一一件事就是把杨婧然养大、养好。

"别担心,我去一趟天津。"杨婧然说。

"出差啊?你提前没说啊?"

"不出差,你放心吧,我一会儿就回家。"杨婧然微笑着挂了电话,心里涌起一股小时候等妈妈回家的兴奋的错觉。她没爸爸,唯一可以期盼的就是妈妈回家,不管今天多高兴或者多不高兴,只有妈妈回了才有饭吃、电视才可以打开、才能看到从妈妈工作的图书馆借到的书,这个家才不会觉得冷清寂寞。直到现在,杨婧然对于"回家"还是有种依赖,这个动词含义很深,背后隐藏的感觉却绝对温暖。

她到达北京南站的时候,最近一班开往天津的动车还有十分钟就发车了,她毫不犹豫地买票,冲进站台,顺利地在半个小时后到达天津市。路上,她用手机填完明天的倒休申请单之后，顺便查了一下最近一周天津最红火的煎饼果子店，下火车就打出租直奔而去，完美地在初冬的寒风里，买到了两个热乎乎的大煎饼。

绝对正宗，绝对好吃，绝对量足。绝对幸福。

杨婧然坐着动车回去的时候，嘴里还都是煎饼味儿。这味道让她体会到了一种很久不曾有过的快乐，价值接近两百块的煎饼，她爱死它了。

第二天凌晨五点半，杨婧然被一声轰然巨响吓醒，冲出去一看，是杨燕在房间里推自行车，推到一半忽然想起来先看看冰箱里有没有剩下土豆，车子没支好就倒了，玻璃茶几砸个粉碎。

"你睡觉吧，我先出去，回来收拾。"外面天色只蒙蒙亮，听上去还在刮大风，杨燕穿着长款羽绒服，头上裹着一个大围巾，说着就出去了。她是要去离家四站公交车距离的蔬菜批发市场里买最便宜的菜，这么早的公交车不好等，还容易耽误时间，一来一回几乎花掉一块钱，因此改骑自行车。为这件事，杨婧然跟杨燕大吵过一次。女儿认为，她挣的钱完全够天天叫外卖了，何必在乎超市和市场几毛几分的差价？妈妈则说，你不懂，女孩家一定要存钱给自己，你不存，我还得给你存嫁妆、办婚礼呢，因为男人是靠不住的。这个念头在杨燕脑袋里根深蒂固。

尽管这个家早就没有男人,但是杨婧然从小就相当懂事,人长得高挑,算不上漂亮,气质倒很不错,更让杨燕高兴的是女儿的成绩和品德也完全没问题,考重点大学、找好工作简直是再正常不过的生活轨迹。杨婧然性格独立,相当能挣,工作这几年,跳槽两次,工资已经每月快两万,绝对属于这个城市这个年龄段的女孩子里的中产阶级。房子是自家的,不用担心房租,所以杨婧然的收入加上杨燕的退休工资,足以让两人过得相当随心所欲。

不过最近几个月,杨燕在买菜这件事上钻了牛角尖,而且有越钻越深的趋势。本来,除了天气恶劣的情况以外,小区门口每天早晨都有地摊,但是后来杨燕发现,这些人的菜是从超市的运货口那里淘汰下来的。因此,她开始去超市,掐着一天三次上货的点儿买菜。但是今年的物价涨得跟南方的洪水一样高,超市小黑板上的价格甚至一天就要擦掉两次重写,杨燕觉得吃饭的开销变大了,尽管没有到吃不起的地步,还是希望寻找更便宜的地方。经过别人的指点,她终于找到了四站地以外的批发市场,因此不得不每天起一个大早——菜农那时候正在跟超市谈价格,很少顾及零买的人,她乐得占一个对方不耐烦的便宜,总是把自行车前后筐都装满了才回来。

但是前天,她又开始跟杨婧然抱怨菜价贵了。"批发市场已经是咱们能找到的最源头了,你就安心买吧,亏两块钱不会穷死的。"杨婧然扔下这句就赶地铁去了，下班回家发现桌子上多了一张大表，做得比她平时工作用的 PPT 还详细，罗列了她们俩一个月在地摊、超市、批发市场买菜分别要花多少钱，最后一行还给出了"理想价位"。对比四个总数，杨婧然发现原来一个月吃饭也可以吃出好几百的差价，虽然还不够自己身上一件大衣的零头，但大衣可以穿三年，饭却是一顿消耗一顿的量。

不管怎么说，杨燕仍然雷打不动地买菜，所以每天五点半前后，杨婧然都会从梦中醒来一下——哗啦啦的钥匙声、咔啦啦的推车声、咯吱咯吱拧开锁、咣啷锁门、嗒嗒嗒地走远了——再睡半个小时，就得准备起床。从上学以来就从未间断过的"起床之痛"令杨婧然相当反感这个采购活动，但杨燕永远振振有词："万一以后唐振杰靠不住呢？我有生之年绝对不能让我女儿受委屈。"

想到唐振杰，杨婧然笑了，收拾茶几残骸的动作慢了下来。他是她的男朋友，中国人，三十岁，国企的党宣文员，喜欢看书、旅游和摄影。他是国家 985 重点大学的硕士，家庭环境良好，父母都是石油单位的工程师，身体健康、自有住房、婚姻美满。唐振杰本人相貌端庄，身材适中，无不良嗜好，没有兄弟姐妹，杨婧然是他的初恋和结婚对象。他月入八千六百块，目前在北京四环拥有一套装修完毕的两居室住宅，每月还房贷并且开车上下班。唐振杰最大的优点就是靠谱——搞党政宣传的人,自然是又红又正的,听着名字都有种要肃然起敬的感觉。

杨燕对于这个小伙子满意得不得了,唯一遗憾的就是除了几张照片以外,没见过他本人。说了好几次,让杨婧然把他带回来看看,杨婧然都说:"我们这代不兴见家长,万一改天我们分手了,你说多尴尬!"杨燕转而提出大家一起吃个饭,好歹要看一眼未来跟自己闺女过一辈子的男孩,杨婧然又说了:"我男友和我男人差一个字,但性质完全不同,我最讨厌有人一谈恋爱就叫老公,万一我们分手了,多尴尬!"杨燕批评她:"你怎么老说分手分手,多不吉利啊,以后别说了,听到没?"杨婧然相当不在乎:"分手又不是坏事。提前发现这个人的缺点比结婚以后再离,好多了吧?"一句话说到杨燕的"不能提",她和丈夫那段有了还不如没有的婚姻,全面证明女儿说的是真理。

杨婧然叹了口气,把被茶几牵连到的茶杯茶壶碎片都扫进垃圾桶。茶壶是她出差的时候从欧洲带回来的,相当漂亮,现在碎得连粘都没办法,真难过——好想吃棉花糖——这个念头冒出得相当突兀,杨婧然自己都吓了一跳,为什么呢?零食盒里有巧克力和鱿鱼丝,都是她的最爱,不过她现在只想吃棉花糖。

这个念头在她爬上床重新睡去之后依旧存在，并且越来越清晰，逐渐驱赶了所有的睡意，即使杨燕小心翼翼地、尽量不出声地在厨房里做早饭，仍旧"吵醒"了杨婧然，她披着睡衣打开电脑。

"还工作？"杨燕给她买了豆浆和包子。

"没有，我想吃棉花糖。"杨婧然在网络商城里搜索，果断地下手买了一台快一千元的棉花糖机。杨燕看着，不说话。杨婧然察觉到妈妈的眼神，一耸肩："塑料的机壳不环保，我这个是全不锈钢的，一次能做四个棉花糖。"

杨燕看着女儿，一时间无话可说。今天早晨，她从批发市场出来的时候，碰到了几个小区里的老姐妹，她们问她愿不愿意每周两次，去更远的大市场买菜。杨燕拒绝了。这个距离已经足够远，对比超市，菜价已经足够便宜，她这个年纪，似乎没有精力追求"更便宜"了。生活对她来说本身就是一场观察女儿成长并最终幸福结局的超长电影，现在她有了一切，只差结尾。然而，一台棉花糖机就让她早起在寒风里蹬自行车的省钱努力白费，并且搭进去了好几个月省出来的钱。尽管女儿挣得足够多，但杨燕仍然觉得，钱要花在刀刃上，比如，结婚。

她向女儿劝说要像她这样攒钱给自己的时候，这个说法再一次遭到了杨婧然"分手"的反驳。这次，杨燕没有放过她："是不是他跟你已经分手了？"

杨婧然大声说:"怎么可能!"

杨燕很奇怪:"不可能你这么大声干什么?"

杨婧然想到那个已经葬身垃圾桶的漂亮茶壶,不知道从那儿涌上一股邪火:"你就安心过日子吧,给我的嫁妆钱不是已经有了吗?婚礼你就别操心了,等到真结婚的时候,咱们两家人坐一起吃个饭得了,办什么仪式啊,还不够耽误时间的。"

这个晴天霹雳把杨燕打得回不过神来。她已经参加过昔日好友的再婚、同学的儿女的婚礼、单位里退休老职工的黄昏恋等等各种婚礼,每次让她随礼她都特别高兴,丝毫不觉得是负担。她喜欢这样甜蜜热闹的气氛:结婚,多好的事儿,一个男人和一个女人决定从今天开始,剩下的一辈子都睡一个被窝,吃一口锅的饭,死了还得埋在一起,长长久久的,听着就很感动。她多希望有一天自己幸福地收别人的随礼——这代表她把女儿放心地嫁出去了,那个小伙子一定得是个特别好的人,从今天开始的剩下的一辈子,都会护着女儿,还有女儿的女儿。婚礼上,她一定得喝点儿酒,醉了也没关系,新郎管她叫妈妈,她得和亲家好好说说杨婧然的好,杨婧然的小脾气,杨婧然的习惯,然后再喝两杯。婚礼是大红色的,映透半个世界,杨燕觉得自己一定特别享受那天。

然而,杨婧然居然说这是耽误时间!

"不办事的话,能算结婚?"

"国家哪条法律规定一定要搞仪式了?拿着结婚证,我就是他老婆!"杨婧然说。

"你昨天两百多块钱跑到天津吃一个三块五的煎饼,今天肯花一千块钱买个做棉花糖的机器,不肯多花一点儿好好办个婚礼吗?"

杨婧然直接转移话题:"谁说三块五?煎饼早就涨到四块了,妈!"

杨燕控制着情绪问:"是不是唐振杰不愿意出钱办?"

"什么呀……"杨婧然说,"你又瞎琢磨。"

"我跟你说,婧婧,要是他觉得花钱,不给你办,我不同意,你们俩结婚就要好好结,必须办。我给你攒着钱呢,他不出钱,咱自己给自己办呀。"

杨婧然一挑嘴角:"不是,是我们俩说好了,都同意不办。领个证就行了,给同事发点儿喜糖,完事儿。"

杨燕对这个"完事儿"大发了一通脾气,杨婧然当然不会坐等挨骂,直截了当地反击:"挣钱是享受生活,不是给自己找事儿的!我宁可买棉花糖机、爆米花机、可乐披萨机,也不办婚礼。"两人争执到最后,杨婧然干脆出门——这是生活态度的不同,过去的经历和传统的思维让妈妈觉得,钱是用来攒着的,但她觉得,钱不花出去,就不是钱。

初冬的北京特别冷，跟记忆中的第一次接触一样。现在想来，那时候杨燕应该是刚刚通过法院解除了和消失的丈夫的婚姻关系，处理了男方财产，带着三岁的女儿来到北京。杨婧然记得自己曾经在北京西站大厅里打地铺睡过一夜，第二天早晨出门的时候，就是这样的风，呼呼往领子里钻，把她的耳朵吹得生疼。她在楼下拦了一辆出租车，径直开到有会员卡的美发店去，洗头的小弟忽悠她做各种护理，发型师说她应该烫个"梨花头"，但是杨婧然说："给我剪个中性的，短的，但是也别成板寸了，谢谢。"

分叉的干枯的头发落地，杨婧然享受着据说来自欧洲的顶级护理，巨大的机器在她头顶蒸，洗头的小弟有一搭没一搭地陪她聊天。

美女，你头发掉得挺多的。

嗯。

想改善改善不？

嗯？

美女你再预约一个防脱发的护理周期呗，给你打折。

杨婧然笑了："我真没空，一个月了，我第一次休息一整天。"

洗头的小弟说："那美女你多休息，就不掉头发了。"

说得容易！杨婧然想，让你天天加班到半夜，看你还关不关心掉头发！她的上司是个相当严肃的中年女人，雷厉风行，知道主动为员工争取加班补偿津贴，因此要求她们双休日在公司拼命的时候，格外名正言顺。上个月，她的加班单一共填了107个小时，前天跟上司说要休假的时候，遭到了言语上的鄙视，因为她的加班小时数位居第六，前五名还都没申请休假呢。

　　规律到令人发疯的生活让杨婧然有时候会觉得自己不太正常。比如，她看到手机上的发货通知，想起早晨买了个棉花糖机，便觉得当时一定是没睡醒；比如，她终于从那张椅子上解放出来，发现自己的头发除了变短以外没有任何变化之后，还是欣然刷卡付了七百块钱的造型费；再比如，她几乎每天都要跟妈妈提起唐振杰，但是每次说出这个名字，她都会加深"你已经变态了"的观念。杨燕经常问，为什么这个姓唐的男孩子不带你出去玩啊？杨婧然的回答就是，大家都加班，有工夫谈恋爱已经很不错了，约会是奢侈的。

　　只有年初的一次，《阿凡达》上映的时候，杨婧然特别想看，一直找不到哪怕刚好够一场电影的休息时间，最后，就连杨燕都在小区的露天流动影院知道了阿凡达其实是个钉子户的时候，杨婧然忍不住了，装病休了一天假，看完巨幕3D的电影以后，让杨燕在手机里看到了唐振杰的照片。新买的Iphone手机屏幕又大又亮，杨燕还是一个劲儿说"看不清"，杨婧然心里明白，行动上却只是递了一个老花镜过去。

这种生活还要持续多久，杨婧然心里没谱。她的工作一帆风顺，本身性格又认真，被开除的概率近似为零，也就是说，她还得这样每月拿着大把的工资，朝六晚九地去工作、回家睡觉、去工作、回家睡觉、去工作……总有一天，杨婧然想，她会死在工作的路上而不是床上，到时候别人是不是会在她的墓碑上写：这是一个不是在工作，就是在去工作的路上的女人。

但是，如果让她改变这个生活，杨婧然没有勇气。杨燕属于特别积极响应国家"晚生晚育"号召的那拨人，生女儿的时候整好三十岁，现在年纪不小了，每天在家伺候杨婧然吃喝以外，念叨的唯一一件事就是结婚，然后就是生孩子，等她能给女儿带外孙子外孙女的时候，超长电影就可以开始毫无波澜地幸福圆满地结尾了。杨婧然比谁都清楚妈妈的要求，也知道自己再独立再个性，终究会走上和万千女人一样的路，找个踏实的男人，生个好孩子。她本身并不愿意这样，家庭对她而言，除了妈妈，没有特别的含义，成长环境让她并不十分期待一个男性的陪伴，拥有唐振杰的唯一原因就是不想让杨燕觉得后半辈子有什么遗憾——既然前半辈子，杨燕已经遭遇婚姻变数，并且把所有的生活都给了女儿。

因此，杨婧然对早晨的争吵有点儿愧疚，在家具大卖场给妈妈打了个电话。"你说是钢架子的好，还是木头的好？"杨婧然在电话里咨询意见，"钢架子的，999，木头的，1999。"

"多少？"杨燕怀疑自己耳背，而且幻听。

"钢的，九百，九十，九。"杨婧然大声重复，"木头的，再多一千。"

杨燕说："一个茶几要这么贵？再看看再买吧。"

杨婧然说："好吧，我知道了。"电话挂掉前，杨燕听见女儿说："要这个钢架子的，要银色。"

当天晚上，昂贵的新茶几安静地落户在客厅，杨婧然睡了，杨燕在客厅里边泡糖蒜边看电视。早晨在市场上，她买到了今年最便宜的大蒜，于是多称了三斤——囤着总比看涨价好。电视声音开到最小，怕吵了女儿睡觉，杨燕心里有点儿心疼，因为早晨是她失手没让杨婧然睡够，但是明天又要早起上班了，虽然是个礼拜天。新闻里说，物价涨幅不大，大家生活别太有压力，杨燕想，这真是胡说八道，一个玻璃茶几都一千块钱了，还不算涨价？

忽然，杨婧然从卧室里冲进卫生间，杨燕赶紧敲门："怎么了？"

"拉肚子了！"杨婧然说，"你给我个体温计。"

大概是剪完头发就出去吹寒风，着凉了，杨婧然有点儿发烧，上吐下泻，折腾到夜里一点多。杨燕让她别去上班了，杨婧然说这个不可能，病假单要提前十二小时提交，现在半夜，行政没人给你批。

"怎么请假还要上网,这么复杂?"

"你不懂。就这样的。"杨婧然吃了药,缩进被子里。关掉写好但是没有提交的病假单,手机屏幕上露出一只摇头晃脑的贵宾犬。杨婧然很想养狗,也去宠物店看过,但是老板不卖给她,理由是她一天就这么几个小时在家,大部分时间都要睡觉和休息,怎么跟狗玩?"不培养感情的宠物就是玩物。"老板说。杨婧然现在觉得这句话对极了,除了工作,生活的其他部分对她来说,在物质上可以得到,在精神上却极端奢侈。去年,她出差的时候买了一件顶级的毛呢大衣,有特别厚实的狐狸毛领子,还有鲜红的丝带领结和扣子,但是由于不符合公司的着装规定,她花了快一万块,到现在只穿过三次。今年同款的大衣比去年贵了一半还多,秋天的时候,有人求购,杨婧然动心了。既然自己穿不着,还不如变现之后买新款,她把它从防尘袋里拿出来,穿在身上,在镜子前面转一转,杨燕走过看了一眼说:"这件衣服确实好看,贵得有道理。"一句普通到可以无视的赞扬,令杨婧然立刻舍不得了。她很清楚,那三次穿大衣带来的体验,就跟现在一样,绝对幸福,不在于多奢侈多大牌,单纯就是高兴。有个女孩在商场里拦住她,问大衣在哪儿买的,能不能要个货号,杨婧然为此快乐了一整天。

没什么优越感,但就是高兴,高兴穿好看的衣服出去,仅

此而已。

　　此后,她终于明白了花钱对她的含义,隐秘的,畸形的。好不容易出现的假期里,她会尽可能多地消费,吃三四百块一位的日本料理、买高档面料的职业装和商场里最新款的鞋子、频繁地换手机、换电脑,买想看的杂志和小说,把它们堆在床头——她始终只熟悉它们中间大部分的名字而已，一本《独唱团》，看了两个月还是前五页，桌上的时装杂志由于太厚，常常是本月的还没看到中间，下月的已经到手了。拆网购的包裹时的快感越来越小，但对新鲜、幸福、高兴的需求越来越大，杨婧然有时候会因为"想花钱"这个理由去买一些完全无所谓的东西，甚至有一次把同款的瑜伽裤买了两次。她完全不记得曾经买过那条裤子，大概因为她只试穿了一下就收起来了：尺寸挺合适，但没空做瑜伽。

昏昏沉沉里，杨婧然想哭，又怕让杨燕多心，始终睡不着，生生熬到上班时间，一量体温，居然正常了。杨燕煮的稀饭很糯很香，但她一口都吃不下去，拎着包匆匆出门。寒风里，杨婧然决定打车上班，直到公司门口才恍然明白了为什么提包这么轻：电脑忘在家里了。

眼看打卡时间就到，杨婧然只能一面上楼一面请杨燕给她送一趟。

"打车来啊，别坐地铁，里面装着开会的数据呢！"杨婧然撒谎，"这个算公事，打车钱公司报销。"

于是，连四站公交车都要改成骑车的杨燕，奢侈地乘坐出租，带着电脑奔向女儿的单位。写字楼里全是跟女儿同年龄的姑娘，穿得都差不多，高跟鞋敲在地面一律叮叮叮的，她们通常走得相当快，同时还能让两只手干不同的事。杨燕挤进了一架电梯,结果它到八楼就不走了,又回到一楼,没人告诉她这是低层电梯,杨燕反复了两次才弄明白,还好有个姑娘问她:"您去几楼啊?"

"1706。"杨燕看看短信,结果那姑娘乐了,"那跟我走吧,我就是1706的,您找谁啊?"

碰到女儿的同事真是不容易!等电梯的时间里,杨燕和那个姑娘聊了两句,对方调侃说:"我回头说婧然去,她就该找个男朋友干苦力,这种事儿怎么能让阿姨亲自跑过来呢?"

杨燕一时间没听出端倪:"她有男朋友,人可好了!"

"婧然,有男朋友了?"那个姑娘尴尬地笑了笑,"我还不知道呢。"

杨燕愣住了:"你们搞情人节活动,她和唐振杰不是一起去的吗?"

那姑娘明显知道这件事不对,一脸窘相,干脆随机敷衍:"哦,那次啊,太遗憾了,哈哈,我没去。"

杨婧然在走廊里亲吻妈妈:"伟大的母亲!"

杨燕却完全没心思跟她说笑:"刚才跟我来的那个姑娘,坐在那儿的那个,搞活动跟你一块照相的就是她吧?"

杨婧然一看:"对啊,就是她。"

"那她为什么说没见过唐振杰,啊?"

杨婧然倒吸一口气。上班高峰时间,走廊里来来往往好多人，杨燕的穿着是休闲的，跟干练的职业装格格不入，她着急地摇女儿胳膊："说呀，为什么？你不是说他跟你一起去的，大家还帮你把关了吗？"

杨婧然答不出，正在咬嘴唇，刚带杨燕来办公室的那个姑娘着急地端着笔记本跑出去："开会，杨婧然，赶紧的，叫你呢。"上司一向讨厌迟到，杨婧然跟在后面快步走："你跟我妈说什么了！"

那姑娘一脸愧色："太对不起你了，我是真不知道啊！而且，要打掩护你得提前通知我们，跟戴欣那次一样才行。这不是给你救场来了？开会没你的事。"

杨婧然刚躲进卫生间，锁好门没五分钟，就有人进了隔壁一间，从缝隙里看见那双鞋，分明就是杨燕！杨婧然痛苦地闭上眼睛，一动不敢动。杨燕没有上厕所，只有短促明显地两声抽泣，然后就是擤鼻涕的声音。杨婧然听见她很难过却又很解脱似的使劲叹了一口气："唉！"

妈妈离开后，杨婧然隔了很久才敢出去。镜子里的自己脸色有点儿苍白，头发是七百块钱新做的，身上的职业装是夏天买了上好的反季面料去专业店面量体裁制的，花了两千多，鞋子是她最喜欢的品牌今年冬天广告的主推新品，手里拎的笔记本电脑则是才换了不久的超薄型，人人都说好看。但她一点儿都不高兴，即使把那件大衣穿在身上也不高兴，她有种很深的失落感:今后,很难再高兴起来了。

想放水洗脸,又怕妆掉了影响仪容,刚好手机响起来:"杨婧然,上会议室,不骗你,这次领导真的找你讲那个报表呢,快来。"

杨婧然毫不犹豫地从这种自暴自弃的情绪里解脱,跑了出去。这个项目是她一手经办的,如果年底前能做好,那么奖金几乎翻倍。她想好了,翻倍了以后就要买个单反,这样出差的时候可以拍好看的照片。对,我需要一个单反……那种感觉又回来了,杨婧然加快脚步,心里有个期盼确实不错,她会为了这个单反,带病把报表讲到完美。

因为生病的缘故,上司允许她今天不加班,可以提前三个小时回去。星期天的街道上,女孩子挽着男孩子的胳膊,一对一对,都是世间好风景。杨婧然一步都懒得多走,拦下一辆出租车回家。

一进门就闻到焦煳味,杨燕正在摆弄一台闪闪发光的棉花糖机。赠送的十二色砂糖像小时候很奢侈的水彩笔一样排在茶几上,杨婧然蹲在旁边看,杨燕对照说明书检查步骤:"这次绝对成了。"

机器嗡嗡作响,杨燕说:"你吃什么颜色的?"

杨婧然说:"红的吧。哎,不行,金色的那个。"

砂糖倒进去,很快,金色的絮状物就从机器里飞出来。杨燕大喊："快快,拿根筷子去!"杨婧然奔进厨房把筷子筒都拿来了,贴着机器的边缘,试着卷棉花糖。手法很不熟练,卷了半天还小小的一只,杨燕抢过去替她卷,机器持续嗡嗡作响。

杨婧然说："根本没有唐振杰这个人,我编的。"

杨燕说："你再加点儿糖,慢慢倒进去。"

杨婧然说："我天天累得死去活来,哪有时间谈恋爱,但是我看你着急。你老问我,我怎么办啊!我编了一个。那照片,是《阿凡达》那场电影的引导员,我根本不认识他。"

杨燕自己加糖,卷了一个金灿灿的大棉花糖递给女儿。

杨婧然接过来："我能再吃一个红的吗?"

"能。"杨燕又给她做红的,"这个机器挺好玩的,就是太贵了。如果你小时候有这个,我就不工作了,卖棉花糖去。"

没有如果。如果本身的性质跟谎话没有区别。杨婧然舔了一下棉花糖,没有满足感。她现在知道自己想要一个单反相机了,因此,现在手里最想吃的东西有点儿怪怪的,和期待的味道不同,这个棉花糖太甜了,甜得她几乎难过起来。

这一秒,你有想法? 写出来吧。

玫瑰
鸡汤

4

"你对丈夫出轨的问题,怎么看待呢?"记者问姜静。

姜静一手拎着购物袋,一手拢拢围巾,被突如其来的问题吓住了。这个记者是电视台生活频道的,在做街头采访,被拒掉无数次,终于遇到了好脾气的姜静。但是这个问题……姜静的大脑一片空白。

她的丈夫刘波从小就是个好孩子,"听话,勤奋,尊敬老师,团结同学,从不迟到早退逃避值日"这几句评语会出现在每一年的学生手册上。他的成绩中等偏上,平平稳稳进入普通优秀的 S 大读书,大一军训的时候认识姜静,毕业后,他们结婚了。

　　而姜静也是个没有缺点的女孩子。她的容貌只算是清秀端正,身材匀称但是并没有突出的优点,性格相当文静,脾气指数接近于零。她的父母都是 S 大的资深校工,所以,她出生在 S 大附属卫生院里,户口所在地就是 S 大派出所,三岁开始上 S 大附属幼儿园,六岁进入 S 大附属小学,小学毕业读 S 大附中,中学毕业保送 S 大本科,毕业后又选择了 S 大的直博,最终留在 S 大做了老师。三十岁的姜静生活圈子小而单纯,当网上有人闹腾 "六九圣战",集体围攻韩国明星的粉丝的时候,刘波顺势开了姜静的玩笑:"韩国人说,思密达就是整个宇宙,对你,自从学校里有了小市场,再加上网购和快递,S 大就是整个宇宙。"因此,虽然儿子刘乐都读幼儿园了,可是她仍然觉得全天下处处美好,所有的人都是彬彬有礼的学生和儒雅谦逊的老师。

　　对于大多数男人来说,姜静就是那种天生的好妻子,单纯、贤淑,工作体面清闲,收入也不错,热衷于全心全意地照顾丈夫和儿子,打理小家。他们一家三口住在 S 大分给已婚员工的两居室里,前年儿子出生后,又买了一辆小小的日本车代步,校园里停车免费又有 24 小时安全保障,生活也许永远不会大富大贵却十分闲适安定。刘波的亲戚朋友都羡慕不已,每次到他们那小小的蜗居做客,都会抢着恭维他腼腆的小妻子。每当这时,刘波总会故作不在乎却显然十分得意地回答:"她呀,就是一碗清鸡汤,没有味道却最营养,不要什么都不能不要她。"

想到这里,姜静委婉地拒绝了提问的记者,脸上是老师惯有的那种微笑:"这个问题呀,我没法回答,因为我老公不会出轨的。"

记者鼓足勇气追问:"那您能谈谈对社会上'小三'、'二奶'这种事情的看法吗?"

姜静的笑容更盛:"这个,我就更不知道了。"

确实,姜静和刘波的生活波澜不惊,两人收入相当、感情稳定,这些社会新闻里才有的事情,姜静想也没想过。这么多年来,日子里唯一的波澜,就只有刘波工作变动那一次。

刘波个性沉稳,工作上从不吝惜力气和智慧,和学生时代一样,经常收获"先进"或者"优秀"的表扬。他从毕业起就在一家非常知名的美国互联网公司工作,职位不高不低,薪水和付出的劳力成正比,足够养活一家老小,甚至让多数人羡慕。只可惜年初的时候,美国总公司贪功冒进,最后不得不黯然退出中国市场,刘波所在的部门被整体裁撤。虽然他拿到了一笔不菲的离职补偿金,却从此失业。尽管姜静的薪水不错,而且大学里的整体消费水准较低,但刘波还是感觉到了空前的压力,一个月内投了至少五十份简历,几乎动用了全部的关系网寻找新的工作,最后听信猎头公司的"忽悠",入职知名外资企业J银行做翻译,因此度过了他三十年生命中最压抑的两个半月。

J银行那个部门的工作强度并不算大,却充满了一种难以言说的压抑感。同样是外企,但那里给刘波的感觉像是外星企业。自部门负责人往下,各有各的算计和目的,推卸责任和互相倾轧无日无之。总计十来个人,不同的阵营倒有四五个,都暗自角力,所以新来的、看起来非常和善、职位又不甚高的刘波则成为了他们的主战场。那两个月,刘波手头永远有做不完的工作,不仅仅是需要翻译的文稿,还有需要报销的单据、需要校对的合同、需要预订的酒店或者需要改签的机票,各种"需要"无穷无尽,就像姜静生命里的"S大"一样,俨然成了刘波的整个宇宙。并且,他发现自己付出的劳动和得到的埋怨越来越呈正比——没有人能同时讨好四五个立场截然相反的小团体。

虽然在这个经济不景气、物价飞涨的时代,找到比这里薪水更高的职位不会太容易,可是他实在不想在一个阴阳怪气的办公室里干活。这里每一个人都在微笑,可是刘波知道,那笑容不过是属于他们的防毒面具,除了部门负责人的那一拨,其余的人都在暗暗地寻找着更好的下家。刘波甚至不打算混到转正——之前，他已经辗转从部门一位相对和善的小实习生助理那里得知，最近八个月内，他的这个职位已经换了六个人，每一个都是被辞退的——前一天还正常下班，第二天一早却发现辞退信无辜地躺在办公桌上，房间里的每个人都会假装忙碌，可是实际上他们都会笑着看那个倒霉鬼黯然收拾东西滚蛋。

事实让刘波这个从小到大贴"听话"或者"老好人"标签的男人觉得屈辱和愤怒，他决定要辞职，却不肯默默写一封信发到老板和部门负责人的电子邮箱里，然后抱着自己的东西回家。刘波平生第一次决定报复，为他自己这压抑的几十天，也为前面六个可怜的牺牲品，甚至为那个只能拿着少得可怜的饭补给 J 银行白干活的小实习生。他决定做一个食肉动物，像非洲平原上那些嗜血的狮子，伏在有刺的灌木丛中，等待那些因为拉帮结伙而有恃无恐的愚蠢生物落进他的陷阱。

他并没有等待太久，机会真的来了。

两周后，公司一位总监级的美国佬来刘波所在的部门视察，刘波拿着上司精心准备的发言稿站在台侧，可惜一个字也没给翻译，而是用英文痛痛快快地把部门经理和他们的小团体从头到尾骂了个够本。他的开场白就是："今天是我在公司的最后一天，很高兴我能离开这个弱肉强食的公司，而且我相信，在未来的几周之内，这个部门的人会走得一个也不剩。"

他把他看到的、感受到的通通说出来,越说越觉得畅快淋漓,一点儿也不顾及总监、经理和其他同事们由白转红、由红转紫、由紫转青,最后都黑了的脸。发言结束以后,整个会议室一片死寂,刘波端起自己面前的咖啡,镇静地一饮而尽,似乎无尽回味:"但我还是会想念这个公司的,不管怎么说,你们的咖啡真不错。"

真是最华丽的谢幕,刘波收拾东西的时候,办公室里仍然保持一片死寂。他故意哗啦啦地收拾东西,尽可能多地从每一个人身边经过,却没有人敢说半个字,偶尔跟他对上目光,别人都会不自然地躲闪。这感觉就像是回到了十几岁最叛逆的时候,刘波真后悔那时候总是压抑自己,一直做循规蹈矩的好孩子,简直太没趣了!

他开着那辆小小的日本车回家的时候,仍然觉得全世界都在为他歌唱。吃晚饭的时候,他绘声绘色地描绘了自己的伟大成就,可惜姜静不感兴趣,一面给刘乐擦嘴,一面不经心地虚应着,偶尔还担心地发出感叹:"这样不好吧,让人家多难做。"

刘波被冷水浇头,自然觉得意兴阑珊,草草地吃了几口便去书房专心浏览招聘网站——经此一役,他信心大涨,似乎有种不安分的因子蠢蠢欲动,恍惚记起小时候他有一本《世界名车》画册,经常指着最贵的那辆兰博基尼跟邻居家的姗姗说,我长大了就要买这个,住有游泳池的大房子。姗姗总是穿红裙子系两个蝴蝶结,整条街的男孩都认为她就是仙女下凡。

如今他已不记得姗姗到底长什么样子,对兰博基尼也早失去了兴致,不过他觉得自己应该不止于此,至少应该赚得更多,让刘乐学钢琴和油画,上双语幼儿园,高中就去美国读而不是跟姜静一样,把S大变成整个宇宙。

姜静丝毫没觉得老公不高兴。在她单纯的世界观里,没有地震没有宿舍着火没有学生在校园里打架闹事就是美好的一天,她收拾好了厨房和客厅就照例给儿子念一本英文的《小美人鱼》,讲到女孩变成泡沫死去了的时候,鼻子居然还酸了一下。连四岁的刘乐都知道:"妈妈最没出息了,别人一哭就跟着掉眼泪。"

这是真的。最狗血的苦情戏也能让姜静用掉半盒纸巾,更别提那些日本人拍的猫猫狗狗的悲剧电影,她简直看都不敢看。刘波向来觉得妻子最神奇的地方就是,她容易担惊受怕又爱杞人忧天,却又活得最乐观最开心。金融海啸物价飞涨股市惨淡房价暴涨通通与她无关,只要S大还是她的整个宇宙,只要丈夫健康儿子活泼,如果还能奢求学生听话,她简直会高兴得飞起来。

姜静就是刘波碗里那炖得相当好的清鸡汤,一眼见底,还能看见瓷碗的开片纹路。要如何对一碗鸡汤挑三拣四?它口感淡极了,却富含营养,能饱腹却又不发胖,没错,它是极好的食物,食之略有味,心里想弃之,行动上却万万不能。只能期待它有更多八角香料,又怕它因此变得奇怪,反而回不去从前的寡淡舒服。

赋闲两周之后,刘波找到了一家经营"碳金融"的公司,并决定投身这个大多数人连名字也没听说过的行业,研究方向是十四世纪英国文学的女博士姜静更是满脸茫然。刘波耐心地给她解释:"'哥本哈根会议'你知道吧,各国首脑讨论减少碳排放量应对温室效应的峰会,我们总理也去了。"

姜静点头:"嗯!"

"你就把'碳排放量'当成一个可以交易的产品。一个水电站,每年产生数万千瓦的电能,但排放的二氧化碳却非常有限,这样它所节约的这部分碳排放量就可以上市交易给没有排放指标的公司。我们类似于代理经纪人的工作。"刘波相当得意,"这个行业非常新又非常有前途,也许就像是上世纪七十年代的互联网。"

姜静拧着眉,用博士的大脑努力消化了一会儿,小心翼翼地说:"可是我觉得……这怎么好像是……忽悠?"

刘波再次被妻子的保守和单纯打败,留下一句话悻悻地回房:"跟你说不明白了!"

姜静本来也不指望明白,甚至没兴趣搞明白。哥本哈根对她来说只是地图上的一个名字，甚至还没"哈根达斯"有意义，她一边看电视一边试用前天刚刚被学校当成福利发下来的榨汁机，顺便问："你们俩要喝橙汁还是苹果汁？"

父子俩异口同声回答："都要！"

姜静便笑起来，把榨好的橙汁倒进高高的玻璃杯，又挑了两个漂亮的红苹果，开始认真地削皮。

刘波的新公司位于CBD核心区，办公室里摆了好多大叶子的绿色植物，房间的一整面都是飘窗，没有隔断，从早到晚阳光明媚，令刘波充满了力量和斗志。公司老板自己不常出现，日常事务都由妻子主持，而她的妹妹，一个还没毕业的二十岁的小姑娘，就趁暑假在姐姐、姐夫的公司里实习。她叫郁爽，是个真正的美女，虽然不至于倾国倾城，但是每每从办公室里穿过，不忙的人，无论男女都会抬头看她两眼。男人对美女的欣赏不必说，女人们也看她，却不带嫉妒和挑剔，就足以证明郁爽的可爱。她正值最灿烂的年龄，性格相当孩子气，家里钱多，因此总是穿着当季挂在专卖店橱窗位最显眼好看的衣服，难得她没有富二代骄横的做派，和同事处得相当好。公司里几乎所有单身的小伙子都将郁爽视作梦中情人，谁跟她多说一句话，都会在午餐时间被视作"人民公敌"，一定要被大家在言语上狠狠"打击"一番的。

三十岁并且已婚的刘波发誓，他只是很正常地多看了郁爽两眼——就跟姜静喜欢汤姆·克鲁斯一样，他觉得郁爽不过是会走路的立体广告，既然好看，就看看。可做梦也没想到，入职后的第二周，刘波就成了"人民不共戴天的死敌"。

当时，公司出钱让大家去KTV"腐败"，欢迎刘波和其他四个新同事，刘波早过了玩命表现自己的年龄，唱了一首《Lemon Tree》，淡淡的有点儿忧伤的调子在灯红酒绿中很难被标志被注意，可是一曲终了，郁爽居然已经有意无意地坐了过来。后来拍合影，为了挤进镜头，每个人都挨得很近，刘波甚至能闻到郁爽用了一款和姜静一模一样的、很清淡的佛手柑菊花香水——他以为，郁爽这样耀眼的女孩子，一定会喜欢激烈的玫瑰或者浓厚的桂花为香水主调。

刘波并没有把这当回事，可是周一上班，郁爽却主动来找他："你就是那个在J银行工作过的刘波？"能有在J银行的工作经历，在外人看来也许是相当有面子的一件事，可是对他而言，只意味着一场与他之前的生活方式截然不同的战斗，如果郁爽想去那里工作或者打听什么经验，他真的没有什么能帮她的。

她的眼睛亮晶晶的，或许是戴了美瞳于是显得格外有神，凑近了一些，压低声音问："你就是那个在会议室不翻稿子、痛扁上司、几乎闹到美国总部的刘波？"

她怎么会知道？刘波对那个地方毫无留恋，更懒得记把他当靶子的那些同事的名字，所图的不过是一时之快，对结果一无所知，反倒是郁爽理得清楚："部门经理辞职滚回德州老家了，死党'马大姐'辞职去了上海，其他七八个人有的经内部招聘去了别的部门，有的干脆跳槽，只有曹欢欢留下来了，已成为正式员工。"

"曹欢欢？哦，你说的是 Emma Cao？"习惯了外企称呼方式的刘波恍然大悟，真心实意地替那个任劳任怨、与人为善的小实习生高兴，没想到，郁爽神秘兮兮地说："欢欢跟我住一个寝室，那天她回来就给我们讲了，她以前受气我们都知道，真没想到能有人那么厉害把那些浑蛋给治了！前天晚上我给她看咱在 KTV 的合影，她一眼就认出你了，哇塞，这么巧，我简直太激动了！"

刘波已经察觉出数道充满了羡慕嫉妒恨的目光跟飞刀一样往自己身上扔，不过，他很清楚自己有单纯到"S 大就是整个宇宙"的妻子和活泼可爱的儿子。郁爽那么漂亮地站在一边，用一个二十岁女孩毫不成熟的社交技巧明显地向他示好，尽管他知道姜静永远不会这样，但他并不想占郁爽的便宜或者搞点儿危险的暧昧过瘾，于是平淡客气地回答："我不过是出口恶气，没什么牛的。"

很少被男性冷淡对待的郁爽被激起了斗志，她眨巴眨巴眼睛："年底六级考试，我正发愁呢，你英语那么好，连'弱肉强食'这种词都会说,给我辅导吧!下班以后,我找你!"然后不等他拒绝,她就像个蝴蝶那样匆匆飞走了,刘波面对半屋子雄性生物的敌意无奈地叹了口气——这是什么事儿啊!

然而老板的小姨子有权利任性胡为,她真的拿了六级考试资料请刘波辅导,态度别提多认真了。她是个聪明的学生,一点就通,刘波不觉得这是一个苦差事,况且……郁爽真的很漂亮。刘波在心里想了一万遍,这到底算不算对不起姜静,如果有一丝一毫的内疚,他就会立刻停止补习,严肃认真地带着老婆请郁爽吃一顿饭,让她看到姜静。因为他和郁爽不可能有结果的,她才二十岁,而他的儿子都明白电视剧里谁是"小三"了。刘波每次都衡量,确定他和郁爽是在公司人来人往的茶水间,规规矩矩地隔着一张桌子、面对面坐着,他看她做题,隔空指出不对的地方。他有意避免任何形式的身体接触或者普通朋友以上的私人交流,直到有一天郁爽突然反应过来:"哇塞,我都不知道你住在S大里面!我就是S大金融系的!切,都不请我坐顺风车,真小气,而且太不环保!'减低碳排放人人有责',公司的每个文件夹上都印着呢!"

刘波那辆小小的日本车在CBD核心区实在只能算是"民工车",他也不小气,进出停车场的时候若是碰到同事就会主动载他们去地铁站或者公交车站,但也不会到处张扬自己有车。此时被郁爽指出,他只能无可奈何地同意这个一点儿也不过分的要求,反正顺路,反正,这是事实。

一来二去就真的熟悉起来,郁爽霸占了他的副座,很快搞清楚了车载音响每一个按键的功能,并且知道左手的小抽屉里有润喉糖和话梅之类提神的小零食。刘波初时还觉得不妥,十分拘谨,可后来渐渐习惯了,反而发现她在的时候,堵车便显得不那么枯燥和漫长。她没有姜静那么温柔又那么有学问,可是真的和刘波从小到大认识的同龄女孩都不一样,大概是时代变了,郁爽显得特别可爱,会用清脆好听的声音讲各种新鲜的八卦、好玩的冷笑话和精彩的小段子。刘波简直怀疑,这位大小姐的上班时间就是猫在她姐姐的办公室里逛天涯的娱乐八卦版。

刘波心里觉得怪怪的,因为如果和姜静一起堵车,那么除了互相探讨英语以外,他就只能听音乐或者看她打瞌睡。这种对比一旦产生,久而久之,每周五晚上的晚高峰,当郁爽跟她姐姐、姐夫一起回爸妈家住,所以只能跟他发短信聊堵车的时候,刘波居然真的开始觉得有点儿可耻的……寂寞。郁爽粉红兔子装的头像亮起来的时候,他会莫名其妙地高兴或者期待或者忐忑不安,而这些,都是姜静从未也永远不会给予他的。等待郁爽短信的时候,刘波甚至细细算过他和姜静在一起冲动地示爱或者表达什么的次数,令人恐惧的是,他居然想不出。

刘波想抽自己几巴掌，却又没有理由。他知道没有爱上郁爽，更没有要把她带上床的冲动，但是姜静那安静恬静的样子一直困扰着他，让他觉得无聊却又坐立不安，可是他却不能问问别人或者哪怕是上网搜索一下，到底什么才算出轨。

郁爽那本六级真题终于做到最后一页的时候，因为第二天要考试，她必须回S大。今天没有笑话和八卦，她一路上都在翻看之前补习的笔记，用一支带粉色毛球的圆珠笔在选项上勾勾画画，时不时把书忽然横在刘波眼前："这个，是什么意思？"

幸亏路上堵得跟罐头一样紧密，刘波瞥了一眼："相当直接地体现了如何如何，生动一点儿可以翻成，赤裸裸的。"

"哦。"郁爽赶紧记下来，"赤裸裸的。"

刘波忽然觉得别扭，忍不住要开窗透气，但玻璃摇下一个缝就闻到相当令人头疼的尾气味。他又关上窗。但是那个赤裸裸的词一直戳在心里，刘波皱眉：这是怎么了？

郁爽的书又伸过来了："这又是什么啊，这些词怎么都这么长！"她相当生气的样子，手背几乎是从刘波的面颊上划过去的、细腻的皮肤，好闻的香气。书离得太近，刘波只能抓住她的手腕，强迫她把书放在自己可以聚焦的范围里："这个？我也不认识，名词，没什么要紧的话你不必记住，对你来说，有的单词一辈子见过一次就不会再见第二次了。"

这句话不知道怎么就戳到了刘波的痒痒窝，他头一次在和郁爽一起的堵车之旅里这么坐立不安，以至于郁爽问他话的时候，他丝毫没有听到。等他回神看身边的女孩，她也在看他，笑得那么揶揄："想谁呢？"

刘波想起姜静的鸡汤，但他却用了一点儿七七八八的事情应付过去。郁爽收起了试题和挂着粉色毛球的圆珠笔，把细细长长的腿从长靴里解放出来，粉色的兔子袜子踩了真皮坐椅的一个边，她抱着膝盖歪头看刘波："这样，你不介意吧？"

刘波笑。

郁爽从一句"好无聊啊"开头，刘波以一句"能比我还无聊吗"接茬，开始聊天。夜色降临得相当快，没几句话，气氛还远没到热络的时候，就已经需要拧开车内灯了。但是他们没这样做，就在黑暗里，谁也不看谁，从容地接过对方的话茬，继续聊。刘波吃了一块又一块话梅糖，车窗开了关了一次又一次，最后郁爽问他在倒腾什么呢，刘波说，热。郁爽嗤笑说，想起来S大BBS上的帖子，宿舍停电那天，女生都去图书馆占有空调的座位，男生嫌女生不经热、娇气，女生纷纷回帖骂道：你们男人热了就脱精光，我们怎么办！

刘波又笑。他说，你们也可以脱精光啊，难道女生不是最喜欢洗澡的群体吗？

郁爽扭头看车窗外，看了一会儿转过脸来，笑得特别有内容：你知道吗，机器猫里面，康夫偷看小静洗澡，一共有三十多次！

刘波故作惊讶地问她怎么还数这个，郁爽大笑说不是她数的，网上有人贴图。两人就这样聊起动画片，前面的车纹丝不动，整条辅路和隔壁逐渐升高的主路上塞满了各种交通工具。隔着窗，刘波看不见他们的表情，听不见他们的声音——不，不管了，那是他们的世界。这一刻，刘波有自己的世界，就在这里，这就暂时是全部。郁爽揪着袜子上的细小毛球，说一句比一句不搭界的话，刘波甚至不接茬，就在一片灯光晦暗里看她的大脚趾在袜子里像一只不安分的小动物般动来动去。他们甚至都能体会到对方身体里散发出来的那种彼此吸引的气味，特别淡，淡到把窗打开一个缝就可以被尾气遮盖。他们知道如果现在做些什么，也并不是不可以。不用那么出格，只是相互对望着说些话就会更好，因为现在气氛已经被烘托得足够。

手机响起来的时候，刘波犹豫了。郁爽轻轻咬了一下嘴唇，摇下车窗。尾气呛得刘波快不能呼吸，脑子里嗡了一声之后，下意识摁下接听。姜静带一点儿鼻音："你看新闻了吗，上海一个公寓烧光了，特别惨，真的特别惨……"

刘波看着郁爽："我回去再说吧，堵得死死的，一点儿都挪不动。"

姜静似乎又已经平静下来："你在哪儿呢？"

刘波看了一眼前面："别提了，特别倒霉，我都看见 S 大西门了，就在这桥底下，死活不动了。"

姜静没说什么，一会儿就挂了，郁爽摇起窗子，把长靴穿好，坐得端正了许多。刘波没说话，她坐了一会儿，似乎也开始别扭，干脆整个人都趴在了前台上，面颊枕着胳膊，看着刘波。

"咱们俩在这儿——"她忽然说。

刘波一怔，下意识地握住了方向盘，然后相当做作地不看郁爽："咱俩怎么了？"

郁爽刚说一半是要拿手机，现在看了看时间便又无聊地趴下了："堵了快一个小时了，有完没完啊，烦死了。"

一小时。城市里下班路上几乎每天都会耗掉的这 60 分钟里，整个宇宙中发生了多少事？刘波把那公寓被烧光的事情告诉郁爽，她短促地倒吸了一口气："啊？活活烧死了？"

"嗯，挺惨的。"刘波说，"回去看看新闻。"

"我不看。"郁爽撇嘴，"明天考六级呢，而且我最不喜欢看那些悲剧的事情了，看得都绝望了，绝望了就特爱哭，我男朋友老说我。"

脑袋里第一时间浮现出姜静为火灾而掉泪的样子，但刘波下意识脱口而出的是："你有男朋友了？"

郁爽坐直身体："奇怪吗？跟你有老婆一样。"

刘波的手心全是汗。车内的空间顿时变得这么狭小,空气似乎比外面还混浊,他又要开窗,郁爽不耐烦了:"怪冷的,别开了,我穿着裙子呢。"刘波的手缩回来,重新放在方向盘上,这次,他沉默了。他不知道下一个话题还能说什么——她有男朋友,他有妻子。他不盼望她年轻的身体,他只是觉得这种感觉就好像自己这个严重污染的企业终于买到了大批的闲置碳排放指标,一切都变了。

其实,刘波清楚,姜静的话有一部分是在理的,这确实是一场精神上的忽悠,他即使购买了双倍的碳排放指标,仍然不能改变污染的事实。他不管不顾地摇下车窗,把头伸出去,假装看前面的动向,借机呼吸混浊的空气。

忽然,他感觉郁爽的身体蹭过来了,快要和他贴在一起——刘波猛地往后缩,郁爽扑了个空,手摁在喇叭上,很快就听见前面的出租车司机探头出来骂:"谁他妈不想走啊?我动得了吗!"刘波赶紧道个歉,郁爽却一耸肩,一吐舌头笑了,低头藏了一会儿才悄悄说:"哎,你看那边那个红车……"

刘波一瞄,郁爽已经脸红了,赶紧乱摁面板要求关窗:"哇塞,太劲爆了,车震啊!真有这事儿啊!"话音没落,就听见一阵此起彼伏的喇叭声从前面传来,甚至有人高叫:"嘿!嘿!这儿干吗呢!"

难道是松动了?能走了?刘波欣喜若狂地想要赶紧摆脱目

前的困境,郁爽却似乎意犹未尽地一指斜前方:"哎,你看那女的。"

刘波再次顺着她的手指方向望过去——天知道这次是什么新鲜事儿——天哪!他拉开车门跳出去:"这儿呢这儿呢!"那女人一身银灰色的风衣,头发低低地扎了个皮筋,就在辅路上逆车流而上,侧着身子挤过一辆又一辆车。有人冲她叫:"晚报有吗?"她笑笑,不搭理,因为看见了刘波而走得更有目的更快了一些。刘波坐回来的时候,郁爽惊讶地捂住了张大的嘴:"对不起对不起!我不知道……哎呀,我刚说'那女的',太没礼貌了……"

姜静拉开门钻进车里以后,一只绿色的保温桶就直接递到了前面:"刘乐到周教授家学下棋去了,我就来找你。"

郁爽再一次耸肩,吐舌头,转过身子说:"姜老师好!"

刘波都傻了。就像是清淡的鸡汤里掉了一勺玫瑰酱进去,一时间黏黏连连、混混浊浊、模模糊糊,他不知道自己刚才到底做了什么。他一部分的理智确定自己只是坐在车里和郁爽聊天,看她揪袜子上的毛球,而另一部分的理智则斥责他,这和红车里发生的事情没有区别。不不……刘波看着姜静:有区别。他再看看郁爽:有区别。

她是他的妻子,她是他的同事。刘波很想下车抽自己两个耳光再上来,又怕让姜静起疑——虽然她顶多是略略怀疑就算了,但郁爽绝对明白——他甚至有点儿确定,郁爽一定程度上迎合了他对另一种情感的求索欲望,于是,他们就在这个无聊的时刻,说了那些目的不明的、无聊的话,甚至,如果姜静不来,他们还准备说下去。

分明知道什么都不可能,分明知道仅仅是说话,仅仅是心里一时的满足, 她以此确定自己年轻的魅力, 他因而心跳加速,假装做过了一些刺激的事情那样,贪图一时的痛快。这又能如何?刘波恍然回到了那天没有翻译稿件的会议现场,当时的他血脉沸腾,然而过去了这么久,他早就该冷静下来了。

是的,真荒唐。所以,是时候结束了。

姜静却想不起来这个女孩是谁,后来才搞明白,原来是她老公的上司的小姨子,是她选修课上那一百个学生里的一个。她似乎完全意识不到郁爽的年轻和美丽,以及车里这种尴尬的环境,刘波傻傻地拧开保温桶以后,姜静唯一的想法是:"早知道多拿一个勺。"本身就带了两只的,郁爽明白,这是一罐夫妻共享的鸡汤。

他们三人推让了一番以后, 姜静把鸡汤在盖子里倒了一大碗递给郁爽,剩下的,她干脆就着保温桶喝了一口,然后放在刘波那里。

鸡汤煲得很入味, 放了姜片和枸杞, 清得见底却没有油腻,味道很醇。郁爽说:"姜老师,您不是每次都这样吧……"

她指指仍旧纹丝不动的"大型停车场",手指在空气里画了个缠缠绕绕的弯。

姜静笑了:"今天突发奇想,我……还从来没逆行过呢。"

刘波沉默地喝,此时已经喝完了所有的汤,一抹嘴:"好了,暖和了。"

姜静嗤笑:"你有问题吧,车里这么热,你冷吗?"

郁爽为他们的对话,也笑了。

周一来到的时候,本以为接下来的同事时光会很尴尬的,但刘波刚到办公室就放心了。郁爽正在跟另一个女同事抱怨六级题太刁钻,见了刘波就遥遥一招手:"无论我姐夫怎么欺负你,你都不能辞职,我六级可能要挂了……"

刘波哈哈大笑:"我的工资里可没写给你补课这项。"

郁爽嘻嘻哈哈地继续和别人聊天,刘波偷偷拿出钱包,看装在里面的一张照片,姜静穿着白色的连衣裙,背后是 S 大花园里巨大的草坪,绿光粼粼,她淡淡地笑着,看着他。

这一秒,你有想法? 写出来吧。

白痴

5

何心过来取东西的那天下午,王大路不在家。盛夏天气,王大路和一票朋友猫在小馆子里喝啤酒,讨论《阿凡达》的3D 拍摄技术。有个哥们儿说,导演如果能省一百万给他,半年内,世界上就能多出一个反映当代拆迁问题的短片,绝对牛×闪闪,戛纳银熊金棕榈奥斯卡通杀!王大路一拍大腿:"完了,我老婆得把我家通杀了,忘干净了。"

确切地说,何心还不是王大路法律上合格的老婆,只是大学毕业以后就开始同居,以夫妻的面貌生活在一起,一直没领证。王大路觉得结婚证就跟毕业证一样骗人，何心则说，万一搞怀孕了就领证结婚，绝对不残害肚子里的小生命，也不能让它还没出生就是黑户。然而他们一个月前"离婚"了，没吵到邻居朋友也没在精神肉体上彼此伤害，何心问："王大路，你找不找工作？"

王大路说："工作是个屁！"

何心拉开简易衣柜的拉链："那我就走了。"

王大路摇手："冰箱上还有二十块钱可以打车。"

就这样，何心当天就揣了那二十块钱，去闺蜜家住。很快，她找到了新房子，开始慢慢地从王大路这里搬东西。由于王大路是何心嘴里的"典型的没有最、只有更、也没有之一的不靠谱青年"，因此她和他约定每周三下午取东西，他必须在场，否则丢了什么值钱的要命的，她完全不负责任。

但是，王大路捏着半罐啤酒冲到家门口，还是晚了一步。开锁公司的人刚走，何心倚在门口吃一个可爱多："就少跟你说一句，我拿完东西之前不许换锁——你防贼呢？"

王大路不说话，坐在床上看何心拿衣服、鞋子和杂志，把它们都扔进一个 Hello Kitty 的编织袋里。他忽然冲下去抱住何心的腿："我错了，你回来吧！"

"滚，蛋！"何心一把推开他，"你以为我是文艺女青年？一把眼泪一下跪就还能跟你上床过日子？警告你，王大路，你再给我玩一次这个我一脚踹断你鼻梁！"

王大路悻悻地爬回床上，继续看何心收拾："你瞧不起我不工作，别后悔，等我……"

何心把一个裹在自己裙子里的王大路的脏背心拣出来，团了个球，直直扔过去糊在他脸上："等你拍电影拍成大师，记得去我曾孙子坟头，有事烧纸！"

摔门，走人，和上周三一样。王大路失落地把何心决定扔了的东西往垃圾桶里塞，三天没清理的废弃物在盛夏的温度里发出恶心到都有点儿好闻的味道——他觉得自己一定是变态了。何心说得很对，王大路就是个不靠谱青年。他从大学开始希望拍电影，至少是拍个纪录片，然后再跟那些被禁了的地下导演一样，片子直接送出国参赛，一举成名，无数的小青年都要趁夜深人静去碟贩子那儿，一脸深沉地问："哥，王大路的片子，有吗？"费尽千辛万苦买到一张，大家一起坐在电视前面看完，内心澎湃激昂："这货牛×！"太多过于细节化的幻想一点儿一点儿地谋杀了"正常的"本科生王大路，他买了一台一万四千多的DV，从学生罢餐开始拍起，结果在表现"校领导停车不入位"这个镜头的时候，机器被保安没收了，毕业的时候也没要回来。后来他认识了一些比他玩票玩得更专业的哥们儿，经过指点，王大路发现自己拍的是新闻而不是纪录片，赶紧迷途知返，又买了一个七千块钱的DV，二十块钱一天雇了一个小学妹一个小学弟拍校园文艺短片,这回略有成就,获得了金融系建系四十周年系列展之"校园风貌"比赛视频组的一等奖,和其他两个人的短片瓜分了所有的三个奖项。但是一百元的奖金在请客吃饭以后变成了负一百七,两个演员被雇了快一个月,一分钱没拿到,最后愤而没收了王大路的第二台DV。此时,王大路已经大四了,马上就要毕业,但还没写论文没找工作,因此,他认识何心的时候,除了嘴里能飙出的一些名词外,基本上一无所有——他买了一个比较高端的数码相机,使用它的摄像功能。

因为一心一意要拍电影而不工作,王大路把爹妈玩火了,现在不给他钱;自己也偏激了,除了电影和钱,什么都提不起兴趣;还把老婆给玩丢了,何心是多好一妞儿啊,就是不怎么体谅他。而王大路那一票朋友里面的一个人在反反复复考了七次雅思终于考出6.5分的成绩后,决定去欧洲某城市读电影导演专业。王大路羡慕得快死了。按理说,他的英语比那人好,学历也相当正规,申请外国大学轻而易举,可他的死穴是没钱。

没钱就什么也别干。

未来的大师级导演很快就要因为买不起一个DV而夭折了。王大路想要的一台准专业级别的DV,买个二手的也要好几千块钱,但是去哪儿弄钱?找个工作?不现实,自由职业不就是需要摆脱朝九晚五的束缚嘛。摆地摊？赚的少不说，还不一定跑得过城管。借钱？一票哥们儿都是嘴上仗义，实际一个比一个穷，唯一富裕的就是理想。厚脸皮找爹妈要点儿？王大路痛苦地摇摇头：就当这个念头没出现过。哦，其实，还有一个人可以考虑的……

何心接到电话的时候一点儿都不惊奇："没钱了想起我了？我为什么搬走？我怀孕了！我的钱一个人花刚好，我吃好喝好，生一个大胖小子放你门口然后报警，告你遗弃！"扔下电话，何心的室友一脸惊恐："你不是真的有了吧？"何心哼笑："怎么可能！他脑子抽筋，欠吓唬！"

但她不知道的是，脑子很够用但钱很不够用的王大路吓得挂了电话就决定，他要去骗钱。

比起套着丝袜去银行，王大路这个办法相对高智商，更安全，并且他也已经积极准备了好几天，现在胸有成竹。何心还没走的时候，经常在一些团购网站上买超值的或者超便宜的餐券，然后带着王大路出去吃饭，他逐渐明白，原来现在有种新的购物方法就是大家一起买东西，这样可以拿到更高的折扣或者更低的价格，而这些团购网站看上去都长得一样，据一个哥们儿分析，它们用的都是同一种模板。

这就好办了！王大路这几天一直在学习网络空间的使用方法，找了一家最便宜的服务商，买了一个 300M 的空间，花了四百块钱。之后，他让懂行的哥们儿八十块钱搞到一套团购网站常用的代码，挂在空间里，又一百块钱找了一个美院的学生做"装修"，弄好之后，如果同时打开王大路的站点和现在最火的团购站，站远了猛一看，除了名字以外的区分度绝对比找碴游戏的等级还高。

现在，只要打开任何一个搜索引擎，输入"大大的大路团"，就能直达王大路的网站。面对这个整体成本不超过一千块钱的成就，王大路相当满意，接下来，他只需要找到一样东西开始卖，就能收到网友交来的钱，然后……王大路想好了，新注册一个银行账号，然后买个新手机号，骗够一万就停，关站点、格式化硬盘、网银销户，买个DV拍电影去。

然而，王大路发现了另外一个问题。首要的是，为了别让消费者抓个正着，餐饮、娱乐团购不能做，人家到了吃饭的地方发现没这回事就立刻报警的话，王大路觉得自己消灭罪证的时间不够。因此，他只能走团购实物这条路。第二个问题跟着出现，如果只收钱不给实物，也有点儿自掘坟墓，王大路觉得还是高价卖点儿次品比较好，反正消费者收到实物了，没地方讲理去。

但是，卖次品也需要本钱，尤其他的目标是骗钱，那就更要卖至少两三百一件的才能有所收获。但是，所有的供货商都要求先付一半货款，有的甚至要交保证金——楼下卖肉夹馍的大妈鄙夷地给王大路的那份里狂塞青椒不放肉："啥叫团购?你把那个肥了吧唧的城管团购走了,我给你做一个月馍馍不要钱!"而街边店里的衣服动辄四百五百,王大路也曾正经地跟她们谈过团购,但是导购小姐一脸僵硬的笑容:"先生,为您这一个团购,我已经损失三个小时没有销售业绩了,您看看,您是不是考虑买点儿什么再谈,或者您看看别家?"

她们的笑,让王大路格外怀念何心。何心也是个导购,负责的区域虽然总体长度不超过三米,但是商业街最高档的商场的一楼的金饰柜台。两人刚认识的那阵子,王大路带哥们儿去看她卖首饰,柜台上灯光柔和,何心为一个同年龄的女孩子试挂坠,手指灵活,笑容温婉。下班以后,她看着等在员工通道侧门的一拨大男人:"跑这儿来看女人?憋疯了吧!"哥们儿都惊呼,刚才那个优雅的好姑娘怎么说话这个味儿,她横眉瞪王大路:"要不是认识你,我早报警了!"王大路傻笑道歉,何心拿出手机看看时间:"请我吃个火锅呗,怪冷的。"

想也没用,房间里关于何心的东西越来越少,很快,每周三也见不到她了。按照何心的性格,她真的敢把孩子放在门口然后告他遗弃,但是王大路知道,她肯定没怀孕,只是太生气了,而那天他吓得挂电话也只是因为觉得对不起她。他清楚自己的现状。

王大路是个没本事的男人。

王大路没钱。

王大路没工作。

王大路是没出息的傻缺男文青。

王大路没老婆。

王大路一辈子也成不了大师。

他把这些纸条贴在本来就不大的房间里，一抬头一转身就能看见自己辱骂自己的话。晚上，他翻开书，准备接着自学如何使用光影表现被摄对象的内心活动，但忽然觉得很暴躁。赚钱这种小事都做不好，如何完成拍电影这样精密、复杂的工作。王大路一行字都看不下去，上网找他的哥们儿："你们谁给我提供一个卖 DV 的地址，我必须得找个目标放在眼皮底下看着才能努力。"

没想到有个兄弟说："巧了，我刚从我舅舅那儿认识一个熟人，他家里是海关的，专门做走私罚没品的生意，那 DV 便宜的，绝了！"

王大路的手心都是冷汗。这句话马上就要改变未来电影大师的生命轨迹，他甚至能感受到冥冥中的力量，就在推着他往前走……往前走……他迅猛地撕下那张刚贴上不到一小时的"王大路没钱"的字条，揉碎了扔在地下，然后敲键盘："全靠你了，怎么联系他？"

四天之后，快递从一个沿海城市送来了 29 岁的王大路人生的第一张合同。对方公司叫"卐一"，王大路还特意确认了一下第一个字不是印坏了也不是纳粹的旗帜，这才放心下来。合同里确认，卐一公司给王大路提供一百台便携DV，虽然是山寨机，但是从包装盒到贴牌都是最火的型号，每台价格三百元，含次日达快递的钱，由公司负责快递给全国各地买东西的人，再提供单据号码让王大路查实。机器货款一共是三万，按理说，王大路必须先付全款，再交三万保证金，确保不会中途毁约，但是由于公司老板是那好哥们儿的舅舅，因此，合同里说，王大路只要交三万就行，保证金，那都是给外人设置的。

三万块就行，还不是外人。王大路飞快地在纸上演算：进价三百，至少能卖八百一台，价格太低就假了——能回收八万呢，即使卖不完、即使付清货款、即使给那老板分一点儿提成，也还能剩个三四万，太赚了！只是这三万块有点儿困难。

王大路把何心堵在下班的路上："我给你打欠条。"

何心呸他："你去卖身都没人要，欠条算个毛线啊！"

王大路正经八百地说："你不能这样，一日夫妻百日恩，我正式向你提出借款，你按现在的利率收我利息行不行，我借三千。"

"我驳回你提出的白痴要求。"何心指着身后灯火通明的商场说，"王大路，我跟你这些年，要过一样商场里四位数的东西没有？我承认，你看着像个小流氓小白痴，其实人挺好的，坑蒙拐骗没有,也不跟女的玩暧昧,但就是太不切实际了。电影能当饭吃?我是找个男人过日子,你呢,你是找老婆吗?你老婆是阿凡达吗?"

王大路很羞愧,很心酸。他就是在学着坑蒙拐骗,还美其名曰"为了艺术",实际上,他是把自己从老婆身边越推越远。何心是那种嘴上特狠但心肠特软的姑娘,不然真的受不了王大路每天"搞艺术"的各种荒唐行径。他早就跟哥们儿说了,这辈子,别的女的瞧不上他,他也不会正眼看她们,何心就是宇宙中心。然而他几乎可以断定,有了今天的事以后,何心再也不会回头了。何心皱眉看着他,他抓抓脖子:"那个,你没那个什么吧?"

何心读到了真切的关心和歉意,想到这几年从喜欢到厌烦,从能忍到不能忍,从下不了决心到一刀两断,一时间百感交集,眼圈红了。王大路急忙把她拉到一边:"你不会已经……"

"要是真的,"何心咬着牙说得特别小声,"隔着肚子我就掐死它!"

王大路略感遗憾地扁扁嘴:完了,这次真的没戏了。

车站前分开,何心说:"你确定要做生意?"

王大路点点头:"嗯。"他以为何心会像电视里演的那样,从包里掏出三千块钱借给他,嘱咐他一定要还,但是现实的残

酷立刻把这种幻想砸得粉碎:何心点点头,扔下一句"小心别
被人骗了"就匆匆而去。

真凄凉啊。王大路想,如果有一天他在福布斯财富排行榜
上第一位的话,还会喜欢何心吗?他会不会嫌弃她只是个卖首
饰的,浑身上下最值钱的就是水晶耳坠?从目前看来,这个情
况应该不会在有生之年发生,所以他可以肆意想象何心疯狂
追求他却苦苦不得的场面,并且不用对此负责或感到内疚。不
过他确定,在何心离开的那一瞬间,他有种想弄死自己的冲
动,并不是因为何心没给他借钱,恰恰相反,他是为自己来借
钱感到可耻。

第一个教他用 DV 的师兄比他早一年毕业,签了一个去
非洲的工作,每年休假十天,连续八年,但回来以后就有高级
待遇,分福利房,坐办公室到退休。王大路不理解,放着电影这
么热血的爱好不发扬光大,去非洲干吗? 师兄说,当爱好成了
事业,我就不爱它了,但是我爱她啊,我等着娶她回家呢,娶她
就给她最好的,一辈子好好过日子,养个好孩子,比电影强。

现在王大路理解了,师兄才是真理的化身,而他,不过是
一个正常人眼里最可悲的小青年,马上而立年纪了却一事无
成,满脑子都是浪漫的执著的追求和梦想,实际上却连一个老
婆都搞不定。虽说有理想有目标比有钱重要,但如果理想和目
标迟迟不能实现,他早晚得死在没钱的绝望里,到时候,除非

房东因为他太久不交房租不得不破门而入，否则不会有人发现他的尸体的。因为何心，是不会再回来了。

　　怀着最后一搏的悲壮心情，王大路从昔日的同学那里借到了两万块钱，自己垫了存款，去银行转账。附言里，他写道："一切拜托了。"收款人也许以为这就是客气话，但是王大路心里很明白，如果这次他赔了或者赚不到钱，那么唯一的出路就是去找一个工作，和他的电影说永别。

　　新一周开始的时候，"大大的大路团"作为"新上线的旗舰型团购网站"，推出了"特价800元包邮"的一百台限量款DV，王大路把自己的短片作为演示视频放在页面里，说它可以"让人人都享受文艺的权利"。没有出乎意料的暴增的团购人数，但也不冷清，最忙的时候，他一小时处理了十八张订单。不停地有人打电话咨询网站的资质和货物质量，为了保证自家的固定电话像客服一样专业，王大路早就准备好了"咨询请按1，等待请按2"的录音——反正怎么按都是他接电话，他只要选择接听或者假装"坐席忙，请稍候"就行。

　　别的团购都是二十四小时截止，王大路则一直等了四天，直到一百台DV都订出去才收手。八万块钱像一个圣洁的婴儿般躺在银行账户里，王大路一面不忍看它，一面把后面的四个零数了好几次，确定没错。第一天就买了DV的顾客天天催着他发货，王大路才不管，生生坚持到第五天早晨才慢吞吞地

坐上去沿海城市的火车,对方公司老板说了,已经进入了打包流程,你来签单发货就好。

一路上,王大路都在内心进行自我救赎。首先,他说服自己,其实整个过程并没有真正地骗什么,顾客出钱买了DV,也得到了DV,只是买贵了而已;其次,他是为了自己的梦想,这个钱终究会花到一个短片上去,这个短片必定能够反映社会现实,影响许多人的生活;第三,王大路咽了咽口水,继续对着玻璃里的倒影用心说,即使构成欺骗,后路已经想好了,能跑——自我救赎怎么就变成了自欺欺人呢?王大路打开手机,给何心打了电话,本来想跟她说生意成了,等回去请她吃饭,给她买商场里四位数的东西,只要她肯回来当他老婆,他就改变自己,做根正苗红的王大路。可是何心尖锐地问:"钱揣进你兜里了吗?"

"暂时还没。"王大路说,"但是在我银行账户里。"

"不在兜里的,就不是你的,别瞎得瑟。"

这件事没有转圜余地了,王大路想,他和何心一辈子都不可能了。他应该尽快忘掉自己还有这么个老婆,以后少打这样自讨没趣的电话。

火车咣咣作响,王大路真想嗷嗷地哭一场。

29岁了,王大路还没有真正工作过。电脑存着几个拍完的片子和七八十个剧本,何心曾经辗转托人拿给电影学院的老师看过，最后石沉大海。王大路请那老师吃饭，老师挑了一家贼贵的饭店，席上一直说，除了电影，谈点儿别的。王大路灌他：您得教我。老师满面红光地说："我们系专业学导演的就几百人呢，但是你数数，现在电影界你叫得出名字的导演有几个？"王大路不甘心，哥儿几个凑钱拍纪录片，拍到一半钱花完了，还丢了一个租来的进口话筒，赔得大家吃了半个月方便面。他参加各种DV大赛，收到的赞美再也没多过大学那次，他在论坛里讲起理论能跟人辩论三十页，出去拉赞助却从来没有成功要到一分钱。拍电影的愿望打击了他对人生所有的美好追求，但他之所以还在搞这件事，只是因为喜欢。

发自内心的，源源不断的，无法山寨无法减弱的喜欢，就跟他喜欢何心一样——宇宙中心有两个空间，何心占一边，电影在另一边。

当天的接风晚宴是王大路请客。他开了一瓶还挺贵的红酒，说："老板，你不知道你这张合同对我的意义。你拯救了我的思想。你看这儿……"他敲敲头，"这里全是思想啊，但是放在这儿，没人理解我。得让它出来。你给了它出来的机会。我赚了，所以谢谢老板！"王大路有点儿晕乎，有点儿兴奋，从包里摸了五千块钱："一杯羹，小小一杯，老板是做大生意的，别计较。"接着，他们以艺术的名义、为了更好的生活、向着理想、纪念青春、燃烧激情，干了好几杯。王大路一直喝的是啤酒,所以格外频繁地上厕所,晚上十一点,他刚提好裤子,快递公司的人打来电话,找"大大的大路团"的王先生。

"我就是。"王大路说。

"您好,我是快递公司的抽检员,想跟您确认一个问题。"对方相当客气,说话相当小心。

"你说!"王大路心情好极了,确认几百个问题都行,何况一个。

对方斟酌了一下:"是这样的,您的同事告诉我们的揽件员,这里是一百个便携数码摄像机,但是刚才我抽检的四盒,里面都是夹式摄像头。您确定没问题吗?"

王大路对着厕所的镜子傻笑了一下:"你再解释解释?"

"如果您觉得没问题的话,我们希望您能亲自来公司签一下发货单,现在是货、单内容不符。"

镜子里有一个小白人一个小黑人在叫他。小白人说:大白痴,报警啊!小黑人说:王大路没钱,王大路是个没本事的男人,王大路没老婆,王大路一辈子也成不了大师。小白人说:这是诈骗!小黑人冷笑:你也是诈骗。小白人说:那怎么,我这儿是被骗了三万多呢。小黑人持续冷笑:你骗顾客八万多!

王大路夺门而出,看见老板的车还在门口,便一屁股坐在车前盖上。右手食指哆哆嗦嗦,触屏手机不听使唤,他干脆把手机放在膝盖上,左手迟缓地拨号。

不是 110，是何心。

何心好像是在外面逛街，人声嘈杂："被骗了你就自杀吧！"

"真的！不开玩笑！"

"那你也得自杀！"何心提高声音，"要是没被骗，你到现在还不清楚这个玩笑一点儿也不可笑吗？要是你真被骗了，不报警找我有屁用？就这智商，你不去死，还能干什么！"

王大路说："对，我就是什么都干不了！所以我跟你说，何心，之前的事情是我浑蛋，你走得对。现在我被骗了才知道，我就是一个大白痴。但是我喜欢你。"

意外地，何心没再骂他损他。

"我刚才一秒钟忽然想通了，之前一直没想明白的，我连老婆都伺候不好，我拿什么伺候世界观众。我能再申请一件事吗？"

何心说："你说。"

"要是我这事儿亏的钱，警察给我追不回来，你能借我钱吗？"何心刚要骂人，王大路说："我正经找一个工作，拿工资的那种，我学金融的肯定行，我先用工资还你钱，然后，挣更多工资。何心，我得娶你。"

何心站在步行街上，看着身边一对一对的情侣，狠心咬牙："这话你说过不止一次了！比你有钱的比你帅的多着呢，我嫁给谁不行,非得你?"

王大路说:"你说得对,所以我重新开始追求你。"

何心吸了吸鼻子:"白痴,你废什么话,赶紧报警啊!"

一个酒嗝上来,王大路浑身先一凉,又一热。何心信他了,这证明她之前确实只是太生气了,是他太可气了,惩罚过后,一切还有机会。就像眼前这摊子烂事一样,貌似无法收拾,其实还能自救。王大路想,活了这么大,这么失败,唯一的优点就是一直会把任何没什么希望的事儿都能看得无比光明美好,现在,这个长处到了被发扬的时间。

他果断地拨110报警,然后又给何心打了个电话:"外地110是不拨区号的,对吧?"

何心鼻音很重,听起来像是刚哭了一下:"白痴!大白痴!"

王大路从来没觉得警察这么可爱。当地公安局不但火速扣押了卍一公司的老板,还把五千块钱的红包连带三万现金都还给了王大路。唯一不爽的是,在公安局做笔录,王大路出示了他和卍一公司的合同作为证据,警察从那老板的提包里搜出一个橡皮刻的公章,笑得死去活来:"万一公司?一个叫万一的公司你也敢签单?"

回到家里的时候,钥匙打不开门了。房间是租的,房租按时交了,四周的邻居从来没见过面,王大路也不好意思要求翻窗,正傻眼的时候,何心从电梯里出来,昏暗的走廊因她的到来而渐次亮起本来就坏得没剩几个的声控灯。"我把你的门撬了。"

王大路暴跳如雷:"为什么啊?"

"昨天周三。"何心拿钥匙开门,备用的那把往王大路口袋里一塞,"这个门锁四十块钱呢,比你之前那个大铁锁好多了,你记着还钱。"

"晚一天拿东西你会死啊?"王大路追进去。

何心忽然转身,怒目而视:"就会死,怎么了? 死了也不让你心疼!"

王大路扔下旅行包,抱着何心亲:"心疼。我真心疼。"

八万块钱,都归自己了。王大路看着这五个并排的数字和银行账户的页面,发了一下午呆。作为一个骗子,他现在应该做的就是跑路。八万块钱不但可以买 DV,还可以租好多设备,雇一个演员,拍一部很好看的短片,王大路动心了。

何心看了他一眼。

王大路假装看银行账户。他是答应过何心,要工作,要娶她,可这么好的机会摆在面前……八万,他从来没有得到过这么多钱,足以让他贫瘠的梦想立刻在希望的田野上肆意狂奔。人活一辈子,满足一次不容易,王大路试图说服自己,这钱是不是骗的没关系——何心盯着他,已经站起来了。

王大路喝了一大口可乐："你会办网银的退款吗？"

"大大的大路团"承诺给买 DV 的一百个人退款，王大路在家接了整整两天的电话，从网站公示的上班时间开始，到下班时间之前，辱骂几乎源源不断。他把公安局出具的立案通知书和相关照片都贴在网站里以示清白，居然有顾客跑来问摄像头是多少万像素的，能不能另外开个团购。王大路差点儿真的给那做笔录的警察同志打电话问罚没品能不能出售，何心在背后用刚买的平底锅敲他，恶吼："你是真白痴啊！"

退款的那几天，何心白天一直在帮忙，晚上就回自己租的房里。王大路也不留她，但是把她送到楼下。何心说："你白痴，别把我也当白痴，我认路。"

王大路说，灯坏了好几个，我怀疑我老婆怕黑。

何心没有对那个代称产生任何抵触情绪，站在路边等公车。王大路看着她的背影，想起来她坚决地说不借钱时的样子，觉得真美，他这才反应过来，继那个教他用 DV 的师兄之后，何心是真理的又一个代言人。

按照原计划，王大路退订了空间和域名，"大大的大路团"在网络上生存了不到一周便彻底消失。有十一个用户通过信用卡付钱，根本无法退款，其中七个还联系不上。这五千六百块钱，王大路自己吞了。何心骂他真不是好东西，王大路面朝东方拜了三下："我真想要个 DV，你让我买一个吧，骗到这么一点儿也不容易。"

"老婆和 DV 只能选一个。"

"还是 DV。因为老婆已经有了。"

何心无话可说。王大路不是白痴，他很聪明，某种程度上来说，还很上进。关于拍电影的美好想法失败了这么多年，他还能坚定不移地跟它较劲儿，何心暗地里觉得，具有这个品质的男人还是有点儿靠谱的。

她要搬回来的前一夜，王大路投完简历就在网上找到了一个赚钱的新方法，某网站据说凭上传电子文档的数量结算，一个一块钱。王大路疯了似的把金庸古龙梁羽生往上传，还有多年前的四六级试题和各种电子小说，从晚上九点干到凌晨四点，算了算，他传了一千两百多份。

那就是一千两百块钱。王大路累得直喘，躺在床上想，四位数了吧，明天就问问何心，商场里四位数的她想要什么。骗来的 DV 哄自己，赚来的钱给老婆花，王大路觉得挺踏实，沾枕头就睡着了，入梦前的最后一个想法是，他也得过踏实的生活了。

踏实老实地奔三去。

第二天早晨，何心开门的时候，王大路睡得四仰八叉，电脑也没关，屏幕上是一个巨大的弹出窗口，网站说王大路上传的文档侵权，数量巨大，全体删除，以示警告。

何心撇嘴,从墙上撕下"王大路没老婆"和"王大路是个没出息的男人"两张纸条,团了几下扔到他脸上:"白痴,起床!"

这一秒，你有想法？写出来吧。

如影

6

　　勉强算得上金融精英的戚雪小姐最近总是做同一个梦，梦里灵魂穿越，她在高中的教室里解物理题，窗外树影摇曳，蝉鸣阵阵。周熙哲总是第一个解出题目，他会耀武扬威地摇着卷子，扬起下巴那么嚣张地笑。

　　十几岁的年华，灿烂、忧伤、快乐、惆怅，一切都是纯色调的，阳光灿烂的时候固然美好，细雨蒙蒙也有独特的风情，哪里像现在，坐在永远有冷气或者暖风的屋子里，看到下雨只会想到堵车。但戚雪真的一点儿也不讨厌现在的自己，所以梦境反复出现,就只可能是因为周熙哲。

时值凌晨,戚雪裹在被子里用手机登陆时下流行的网络社区,那些诸如偷菜停车开餐厅之类的游戏对于她一点儿吸引力也没有,大多数时候,她登陆只是为了看看周熙哲那几乎从未亮过的头像——他的签名甚至还是年初那句:"祝大家新年快乐。"

戚雪一点儿也不快乐,尽管她的工作体面收入稳定,除了每周与家中父母通电话的时候被催着嫁人以外,没有别的压力。她性向正常,不是独身主义者,更知道二十七岁的职业女性绝对已经到了适婚年龄,而之所以到现在还没有男朋友,全都是因为那个在闺蜜苏冬的印象中"连是死是活"都不知道的周熙哲。

周熙哲很早很早就已经喜欢戚雪了,三五岁的时候就常常把自家晒的梅子干大把大把地塞进她的衣兜。读小学的时候,戚雪的书包里总是塞满弹球、圣斗士贴纸、强手棋、背面有小虎队照片的小镜子等等最时髦的玩意儿,一律都是周熙哲跟同学们下棋、拍画、弹球或者比赛打弹弓"赢"的彩头,他总说:"帮我拿着,省的被老师没收。"过后就再不肯拿回。戚雪觉得不好意思,总会拿自己的零花钱买当时流行的魔鬼糖大大卷或者高级些的大白兔奶糖来跟他分享。放学回家的路好像很长很长,糖总是不够吃,周熙哲总是很吵很吵,可是戚雪记得她总是在笑,笑得喉咙都干了,到家就要喝好多好多的水。

初二的时候,周熙哲随父母搬到了城市的另一头,他们不再一起上学、下学;高二的时候,周熙哲读了理科,戚雪读了文科,他们不再一天数小时同享一间教室的空气;高三那年最后一次班级篮球赛,周熙哲他们班进了决赛,戚雪和几乎全校的女生都跑去看,那天司职中锋的周熙哲格外卖力,居然砍下二十多分和七个篮板球,几乎胜利的时候却被对方的犯规放倒在地。校医院的老师们一拥而上,戚雪还没从震惊中反应过来,周熙哲就消失得无影无踪,他们的队伍亦乱成一团,终究输了全场。

戚雪记得当时自己脑子里一片空白,完全不知道应该追过去,直到比赛结束,她还傻傻地站在暴晒的操场上,手里紧紧捏着一瓶早就不冰的北冰洋——周熙哲最喜欢的,当时已经不再流行,她借了同学的自行车,跑出三站地才找到,买回来预备给他庆功。

直到很多年以后,戚雪才知道那场比赛就是她和他这个"两小无猜"故事的转折点,周熙哲左腿骨折休学三个月,终究影响了高考不得不复读一年,她却以全校文科第一的成绩考入北京的高校读书。那个暑假,她随父母去外省探亲,他则在一所寄宿制的补习学校开始了新的征途,周熙哲用学校的投币电话给她打过几次不超过三分钟规定时间的电话,可他们都太害羞,他说,我借你读的几本书,过两天就寄给你,她则回答,没关系,你好好考试。

于是就这么错过,第二年高考的周熙哲以理科状元的优异成绩考入南方一所著名的国防大学攻读自动化。戚雪为他的夙愿得偿感到由衷的高兴——要知道,从五岁起,周熙哲就已经宣布,他会去军队,研究最尖端的武器装备。

戚雪在第一个暑期小学期结束后才匆匆回家,她的书桌上有一本两个月前寄到的《奥林匹克物理竞赛试题选》,那自然是周熙哲的最爱,扉页上他那跟本人一样刚硬挺拔充满侵略性的字龙飞凤舞地写着:"其实我早就想告诉你,比赛那天,看到你手中那瓶北冰洋,我就已经决定要在胜利时当众与你拥抱,我喜欢你,小雪。回来就给我打电话吧。"

脸红心跳,戚雪到现在还记得那是2002年8月4日下午3点15分,窗外树叶沙沙蝉鸣阵阵,妈妈在外屋拣豆子,有一搭没一搭地和在院子里的奶奶闲聊。母鸡咕咕咕地走近窗下,呼地飞上窗台啄了颗玉米又在母亲的呵斥声中落荒而逃,狗在树荫下懒洋洋地打着哈欠,午后的阳光那么亮那么明媚。戚雪噔噔噔地跑出去,用家里那台老掉牙的拨盘电话打给周熙哲。他妈妈接起电话说:"啊,小哲念的军校要提前开学军训,他爸爸今天早晨刚送他上火车。"

窗外的光芒仿佛一下子就全黯淡了,戚雪甚至坚持说那天下了很大的雷阵雨，她隐约察觉到有什么已经被错过再也无法弥补。可是当时她不知道也完全无计可施，她甚至没有哭泣的理由，她想他会再打给她，周熙哲知道她家和她寝室的电话号码。

在每一次电话铃响起的时候都充满期待，却最终失望的戚雪于两周后回到学校，然后立刻像那些男朋友在异地的女同学一样预先买好了 201 电话卡。她把那册物理竞赛手册藏在书架最隐秘的角落，试图每天睡前研究一下，以期了解周熙哲着迷的玄机。不过每一次，她都在扉页浪费了大把的时间，以至于还没翻完前言，就已经支持不住关灯睡觉了。到国庆长假的某一天，她终于在深夜接到周熙哲的电话，只说了两句闲话，他甚至还没来得及说："我喜欢你。"她甚至还没机会羞涩地回答："嗯。"电话就被粗暴挂断，后来他再也没有打来，倒是和家里通电话的时候，妈妈说周妈妈抱怨军校的规矩太多，写信要政审，电话不许打，周熙哲似乎因为某次在熄灯后试图偷偷打楼道里的电话，被罚打扫操场两周，险些记过。

戚雪相信就是打给她的那一次，于是觉得酸楚又甜蜜，只等过年回家与他团聚再细说这一年。她当时的下铺、现在的闺蜜苏冬总是在她怔怔看那本物理手册的时候笑她："见花流泪对月伤神也就算了，好歹挺优美的，你这样下去，变成'对物理书泣血'什么的，可真是抽我国应试教育的耳光！"

戚雪笑着用橘子砸她，一颗心却早飞到温暖的南国海边去了，她老早订了火车票，拖着箱子参加最后一科期末考试，然后直奔火车站。接站的照例是妈妈，她委婉地打听周熙哲，她妈妈说："咳，他妈妈天天抱怨说，真不该上这免学费的军校，过年都不让回家，说是去东北训练雪地科目了。"

那一年的冬天格外冷，阴寒入骨，鞭炮噼里啪啦地吵人耳朵，往年最喜欢的虾脯太咸，梅干菜太柴，水果也不新鲜，简直什么都不好。过了年学生会恰巧筹备大型联校活动，作为学生会主力的戚雪就趁机跑回北京——只是为了不在那个从小长大的城市触景伤情，时时刻刻冒出"人面不知何处去，桃花依旧笑春风"或者"年年岁岁花相似，岁岁年年人不同"的感伤。

顾垒就是那时走入她生活的。他的个子没有周熙哲那么高，鼻子没有周熙哲那么挺，不像周熙哲那样有着强大的攻击性的气场。如果说周熙哲像是个威风凛凛穿金甲的将军，那么顾垒顶多是个羽扇纶巾的军师。他作为邻校活动主办方代表走进戚雪所在的学生会办公室时，恰巧和戚雪一起值班的男生林敏都不由感慨："怎么会有这么干净的男生，就像是从言情小说里走出来的。"

戚雪已经想不起当时顾垒到底穿了什么，只记得自己当时的感受和林敏一样，却一点儿也没有因此对顾垒一见钟情——说到底，她喜欢的人是从武侠小说里走出来的从小一起长大的"大师兄"周熙哲,言情小说什么的,从小就是她的雷!

那个活动筹备了整整一个月,除了上课,顾垒和戚雪总是带着三五个刚入校的学弟学妹们忙活,她是个极认真极踏实又极有能力的女生,他是个非常细致体贴又不失于琐碎的男生,彼此合作十分愉快。活动顺利结束以后,他代表他们寝室邀请戚雪的寝室联谊,五个男生和五个女生在一家灯光昏暗的韩国餐厅吃辣白菜炒五花肉和石锅拌饭。她对韩国菜不感兴趣,只喜欢那道常见的家常拔丝红薯——拉着细细糖丝的红心甜薯有种记忆里的味道。七岁那年春节,周熙哲带着她去看庙会,他一直紧紧牵着她的手,他们被吹糖人的老头迷住了,终于用口袋里的全部零花钱换了只相当可爱的糖老鼠,尾巴也是这样细细长长,甜得腻人。

饭后,男生们盛情邀请女孩们去他们的寝室吃水果打扑克,女生们欣然前往。出乎意料的,那间不到八平米却住了五个大男生的房间不仅一点儿也不脏或者臭,整洁和清洁程度反倒完胜大多数只在检查卫生以前突击清扫的女生寝室。他们的地板擦得光可鉴人,窗帘是落地的,窗台上摆着五盆顶着不同颜色球的仙人掌,共用的书桌中间居然还摆了一只圆圆的玻璃鱼缸,一尾红鱼和一尾黑鱼悠闲地游来游去。考虑到他所学的意大利语专业,戚雪得出结论——顾垒是个"小资"的文艺青年。

一来二去就熟悉起来，苏冬和顾垒隔壁床的哥们儿约着去学校的招待餐厅吃过两次饭，不过未到可以牵手的程度就发觉彼此并不合适，便默契地都退半步，回到普通朋友的水准。顾垒知道周熙哲的存在，因此始终没有正式约过戚雪，总是以"学生会交流"、"结伴去英语角"或者"写英文信练习英文"之类的借口跟她淡淡地交往着。他们的学校只隔一条马路，从她的寝室她的床到他的寝室他的床，直线距离不超过一公里，但每周必定有一封长长的英文信，说各种有意思的事。比如晨读园里那只流浪的三花猫生了一窝小猫，个个圆滚滚胖嘟嘟十分可爱；又比如快要口语考试的时候，每天水房里总是充满了各种稀奇古怪的发音练习，就连刷牙的时候都忙着训练大小舌音。偶尔还会在信纸的背面涂个幽默的四格漫画，寥寥数笔神采飞扬，总会让人忍俊不禁地笑起来。

　　戚雪认为他们更像普通朋友或者笔友，她欣赏他的文笔他的才情，她保持跟他通信却很少有时间见面。苏冬有一次看完顾垒画的四格以后相当认真地评价说："你就从了顾垒吧，好歹比那个造轮船的靠谱。"

　　戚雪根本没当回事，她义正词严地纠正说："周熙哲是学自动化的，只不过学校在海边，不造轮船！"

　　苏冬只有举手投降，顺便送上祝福："希望这个暑假你们能团聚，快两年了吧？"

是的,快要两年,什么都可能发生,可是周熙哲不是别人,他是那个跟她一起长大、无数次分享过同一根棒棒糖的大男孩,她觉得他们只是欠缺一点点运气,就可以谈一场轰轰烈烈的恋爱。

这一年的暑假之前,戚雪吸取去年的教训,在期末考试前就不眠不休地赶完了小学期的实践研究论文,正巧顾垒也因为双学位的考试在突击,于是就常常结伴在通宵教室读书,常常到天亮时分,才伏在课桌上小憩片刻。

有那么几次,戚雪醒来的时候发现自己披着顾垒的外套,手边的保温茶杯里灌满了滚烫的菊花茶,杯子上贴着一张便条,上面写着"Good Luck Today"或者"Have a Good Day"。顾垒俊逸的花体字比小时候贺年卡上烫金的英文字还漂亮,有时候还画一朵小花或者一张笑脸,真让人心里都暖起来。

如果苏冬知道,她一定会说:"这么浪漫,你居然不动心?神哪,赐给我一个顾垒吧!"可是戚雪只是抿着嘴笑,或许有那么一点儿抱歉,可是她不动心,因为她的一颗心到底装满了周熙哲,沉甸甸甜蜜蜜,所有的回忆里都有他的影子,所有的快乐痛苦都与他有关。她想再不会有人像周熙哲那样了解她,她绝对不会因为两年的丧失联系就淡忘一切。

回到家的第一周整个城市暴雨连绵,穿城而过的临川大水漫过堤岸,两侧的民房大多过水,戚雪家的房子也在其中,不得不在水退以后重新翻修。戚雪随爷爷奶奶暂时回到半山的老屋居住，那里既没有电话更没有网络，连手机信号都时断时续，戚雪住了三天就觉得过于憋闷，于是在一个难得放晴的日子，回城闲逛。

她怎样也没有想到，在商业区最繁华的街口，竟然见到了周熙哲。两年没见，他仿佛又高了些，穿标准的海军学员制服，更衬得宽肩细腰长腿，身材好得像是T台模特，他在笑，嚣张飞扬，雪白的牙齿在阳光下闪闪发光，正是戚雪曾经见过的模样。她抱着刚刚买到的一本书远远地看他，竟有些恍惚。

周熙哲也看到了她，使劲挥了挥手就大步跑过来。两年不见，戚雪原本只刚刚过耳的短发长过肩头，用一块扎染风格的丝巾随意扎着。周熙哲似乎想要拥抱她，却终究没有，他说："小雪，我给你家打过电话，却一直打不通。"

"发水的时候电话线都泡坏了，我家打算房子完工以后再重新装。"戚雪惊讶于自己的顺畅和淡定，一颗心明明已经跳得那么快仿佛要蹦出胸膛，可是她居然没有什么表情，好像面对的就是她两年没见的老同学，甚至过于生疏。

这种每临大事有静气的天赋在学生会或者课堂演讲或者后来的工作中不知为她赢得了多少赞誉，面对再多的人再重要的场合，她也绝对不会因为紧张而乱了方寸，可是她是那样恨那一刻的自己——如果她表现得更热情更羞涩更慌张更激动,会不会就冲上去拥抱他,会不会他们的结果就会完全不同?

周熙哲的黑眼睛里或许划过了一丝失落，或许只是阳光过于耀眼而有意躲闪了一下，他随即转过身挥手叫远处那一大群跟他一样穿海军学院制服的男孩女孩，为戚雪一一介绍他们的名字。其中有一个长着一双猫似的大眼睛的甜美女孩格外让她觉得不舒服,周熙哲说:"这是毕彤,机械制图特棒,总得第一名。"

记忆里这是周熙哲第一次夸奖戚雪以外的人，无论男女，哪里像顾垒，永远不吝惜真心实意的夸赞。周熙哲丝毫没注意到她的走神，接着告诉她:"我们学校跟监狱一样,熬了一年终于等到'放风',于是我们班决定集体出游,到每个人的家乡去'腐败'一番,刚刚去了武夷山和婺源,下一站就去西湖,毕彤从小在那边长大的。"

原来如此,杭州那样人间天堂的地方,自然会养出这样俊秀聪慧的女孩子,怪不得连周熙哲这样的人都对她另眼相看。戚雪有点儿难过却又觉得自己根本没有立场吃醋,那举棋不定的犹疑被周熙哲误解,他说:"你是不是还有事要忙?不用陪我们,这些人号称要吃光整条街的小吃,估计还有的闹。你要是有事,就先走吧。回头我给你打电话。"

戚雪不想走也不想留，她也说不出言情小说里那些肉麻的话,于是只能匆匆写了她的手机号码给他,然后点点头说:

"好，有空再聊。"

他把那张纸片塞进制服胸口的口袋里以示珍重，笑着跟她挥手告别。她只能一步一步远远走开，站在古老的石拱桥回头望去，那个挺拔高大的人已经转过身去，勾着一个男生的肩膀，与那个叫毕彤的女孩说着什么，仅仅背影戚雪就知道，他在笑，会露出一颗虎牙的好看的嚣张的笑，她曾以为只属于她一人的最畅快的微笑。

周熙哲并没有再打电话，或者他打了可是信号不好她没有收到，总之有一天她妈妈带回一只包得很漂亮的礼盒，说是周熙哲送到他们旧居的礼物。打开一看，是很漂亮的贝壳粘的十二生肖，显然是他读书的那个临海城市的特产，戚雪不知怎的微微失望，她宁愿周熙哲亲手在沙滩上捡几个漂亮的贝壳或者小石头，然后写一句话说："给我的小雪，把贝壳放在耳边，我们就可以一起听海的声音。"

但那一定不是周熙哲，只有顾垒才会这么温柔这么感性，戚雪为这个认知感到惊恐——难道在她所不知道的时候，顾垒攻占了她的心，取代了一直在那里的周熙哲了吗？

不，不可能。他们只不过是太久没有见面，只不过是只差那么一点点而已。

那时候她还太年轻，不知道"错过"往往就是源于"错"，他们也许曾经是彼此最想要爱慕的，也许已经相逢在了正确的地方,可是却偏偏没有时间相爱,于是终究一切成空。戚雪黯然回到学校的时候,才知道她那篇名为《论意大利在文艺复兴中的早期作用》的论文获得了小学期艺术研究课的全系最高分,并被导师推荐发表于某权威杂志,还获得了两百块稿费。除了汇款单据外,她的信箱里还躺着一张手绘风格的明信片,色泽浓烈充满神秘的异域色彩,背面果然是顾垒行云流水般的花体字——他用整个学年做翻译和家教积攒下来的钱徒步尼泊尔,他说:"蓝天澄澈,佛香悠远,置身于此,只觉尘世一切成空,可是我还记得为你许愿,祝你幸福,戚雪。"

她把这当作文艺青年感性的表达而非严肃的表白,然后猛然想起回家时走得太匆忙,竟然忘了将顾垒借给她的两本关于意大利文艺复兴的参考资料归还,天,那是他们学校图书馆的书!

戚雪连忙给顾垒发短信道歉,后者很快回复:"我已做了延期,放心。"于是戚雪又问他尼泊尔的见闻,两人你来我往,竟聊了近百条短信,直到深夜才关机睡觉。第二天一早顾垒带着一兜芒果站在戚雪她们宿舍楼下等她,说:"做我的女朋友吧,戚雪,我虽然没有对你一见钟情,却为那个勤奋独立的你所折服,我喜欢你。"

戚雪的眼泪一下滑下脸颊,为那句只在物理书扉页上见到过的"我喜欢你",她等了两年,站在她面前说出这句话的

人却不是她一直喜欢的那个英雄般的周熙哲。那么多往事那么多回忆扑面而来，她第一次在公众地方号啕痛哭，泪水肆意流淌。吃了魔鬼糖染黑整条舌头追着她吓唬的周熙哲，假装大方地把最后半块大白兔塞进她嘴里的周熙哲，弹球拍画赢了整个班站在课桌上像个得胜将军的周熙哲，在篮球场上肆意拼杀终于倒下的周熙哲，渐渐远去的周熙哲，每个片段里都有他和她的影子，那些蝉鸣就在耳边，手指冰凉紧紧抓着不锈钢的杯子，就好像那个夏天的午后她攥着渐渐丧失冰度的北冰洋汽水。

她哭得蹲下去，双臂强自抱着自己的肩膀试图抑制剧烈的颤抖，她想忘记又舍不得，想记住却又觉得那么无助悲伤。顾垒两次试图拥抱她却又被她推开，终于惊动了管宿舍的阿姨，她审时度势，忍不住数落顾垒："男孩子要多让着女孩，赶快哄哄你女朋友，这怎么了这是？"

顾垒的脸都红到耳朵根了，他小心翼翼地抱住戚雪，戚雪只是抱着自己，隔了好久好久她终于平静下来，说："好，虽然我认为我们更适合做普通朋友。"

苏冬认为这是戚雪在学业以外做得最正确的决定，欢乐地借了好几本诸如《1001 种浪漫》或者《告诉你他的心》之类的恋爱励志书给她，并且宣布说："你需要谈一场正常的恋爱，那个造轮船的又不是刘德华，不打电话不写信，凭什么让你靠一个签名过日子？"

戚雪觉得那些书都是垃圾，有那时间她不如把货币学老师提到的几本原版书都通读一遍，她喜欢学习更擅长考试，这些年一直稳拿一等奖学金却仍不满足——只有最好的女孩才配得上周熙哲，她潜意识里这样认为着，可是她自己却不知道。

戚雪和顾垒的恋爱持续了三个月零四天，每天约会的内容不过就是去图书馆自习或者去通宵教室自习，唯一相对娱乐的活动是去水房打开水顺便逛旁边那几个卖水果和盗版书的小摊子，如果这也算是"逛街"的话，那么他们还算是压过马路的。

终究还是戚雪提出分手，理由是："我觉得我们还是不像男女朋友，我们还是做普通朋友的好，你说呢？"

连手都没有牵过的顾垒犹豫了一下，因为戚雪命中了实质问题而只能点头同意，他们继续一起去图书馆自习，一起去通宵教室自习，一起打开水逛那几个小摊子，如果顾垒给戚雪买了茶叶蛋，那么第二天戚雪一定会回赠两个苹果。顾垒仍然花费大把的时间和金钱一个人旅行，每到一处必然会给戚雪写一张明信片，照例有很多感性的话，戚雪接受他所有的礼物，并且回赠学习资料或者家乡特产。这样的关系确实比情侣更稳定更和谐，以至于苏冬有一天忍不住感叹："以后谁再跟我说男女之间没有纯真友谊我就抽丫的，然后给丫看你和顾垒,真邪门了。"

戚雪在大学的后两学年都只在寒假才回家过年,周熙哲的学校对于大三以上学生不再限制通讯,可是她和他已经没有了通信或者电话的习惯,于是不过如别人一样,只在彼此生日和重大节日的时候发一条标准化的问候短信。戚雪从没删除过其中任何一条,可是她也很少翻看,看到他的名字就会有种淡淡的失落感,会让她的心乱上至少一小时。

戚雪或者苏冬那时候都还不知道,"时间会治愈所有的伤口"不过是一句谣言,对于年轻的女孩来说,初恋只有一次,刻骨铭心,有的时候,就改变她们半生命运。

大学毕业那年,顾垒办好了所有的手续,远赴欧陆留学,攻读艺术史。按照那里的学制,他在国内付出的四年完全归零,他必须从大学一年级重新开始,可是他只是微笑着耸耸肩说:"正好给我时间读书做学问,多幸福。"

戚雪获准保研,她在归家的火车上用短信祝福顾垒一路顺风,回到家以后,才从母亲那里得知,周熙哲的父亲调往上海工作,现已举家搬迁。

那个最轻松的暑假里,戚雪花费大把的时间坐在家门口的石桥上读书,清风拂过的时候,那些放暑假的孩子们快乐地从她身边嬉戏跑过的时候,中学生们为超女的实力快男的水准争得不可开交的时候,戚雪都会想起她还小的时候,周熙哲还在她身边的时候。她记得那时候最流行的小浣熊干脆面里总有系列卡片，从三国人物到最时髦的动画片都有，每个人都想集全整套却从来没人成功。周熙哲偶尔会弄来最稀有的款式，惹得全班人都追着她换——当然是她，周熙哲把所有好的都给了她，当他们还是孩子的时候，就曾经挤在熙熙攘攘的人群里看热闹的婚礼，他说，等我长大了，就娶你当新娘子。

言犹在耳，童言无忌，戚雪知道那不过是过家家的一个场景，可是想到周熙哲会娶别的女孩子，真的和她生一个孩子，她就觉得怅然若失。

顾垒倒是经常写长长的信给她，因为超重，往往信封上面贴满了花里胡哨的邮票。他在巴黎租了间小屋，"房子很老，我住在二层的阁楼里，一抬手就能摸到屋顶，因此租金只相当于楼下的一半。不过地板和家具都是樱桃木的，桌上还有盏有小天使的琉璃灯，窗外那株巨大的梧桐树据说有几百年了。我有时候在窗前写东西或者读书的时候就会想，或许这里，曾经住过一位姿容绝世的小姐，也曾经坐在这里读书，或者给远方的爱人写信。啊，多浪漫"。

戚雪就不是个浪漫的人，因为怕麻烦没时间，她一条长裙都没有，一年四季几乎只穿牛仔裤或者牛仔裙或者牛仔短裤，过去周熙哲说她"有时候像小男孩"，真是最贴切也没有。她羡慕顾垒那种会生活的情调，倾慕周熙哲那种高效率的技术流纯爷们儿，但她不打算也没机会变成他们那样，她只是做自己。专心读书，闲时就约一样读研究生的苏冬一起看电影一起旅行，毕业后找到一份稳定的工作，然后成为这都市上百万白领中的一员，所得足以供养父母和自己体面的生活，难过的时候寂寞的时候午夜梦回的时候，就翻翻周熙哲或者顾垒的网络社区主页。她想也许有一天，会有一个跟她一样的平凡的上班族出现在她的生命里，然后结婚，生子，渐渐淡忘少年时的梦想，安然生活。她过去是个好学生，现在是个好员工，以后她也会是好妻子和好母亲，她一直这样相信着。

苏冬对此表示惊诧："难道这就是结局了？天，我还没等到你爱情故事的高潮。"

戚雪笑起来："怎么会，生活又不是韩剧。"

"那么造轮船的呢？"

"周熙哲读的是自动化，不是造轮船，据说他博士毕业后进入保密部门工作，现在，大概结婚了吧。"

"那么顾垒呢？"

"还在读书，夏天的时候花费大把时间在葡萄牙研究一座中世纪的教堂，为年底在印度召开的某学术会议准备论文。"

"天，那么你们呢？"

"没有了，只有我，没有他也没有他，绝对的。"

戚雪挂断电话,却收到一条号码十分诡异的短信,那个人说:"我在喜欢的女孩家门口准备告白,可以祝福我吗,戚雪?"

戚雪不知道保密部门打出来的电话会显示成什么样子,而常年在世界各地飞来飞去的顾垒也常常用各种诡异的号码拨她的手机,那一刻她有种微妙的幻觉,仿佛生命中的某一部分已经离她而去或者有新的机遇正要到来,她不问"你是谁",而是微笑回复:"当然,祝你成功。"

那个神秘人说:"我有蛋糕玫瑰和香槟酒,可是我怕她拒绝。毕竟已经那样久。"

戚雪说:"那么你就敲她的门,至多不过从头开始,失恋什么的,我们早已习惯。"

那边于是沉默,戚雪打开工作簿列了个计划准备开始工作,却忽然听到门铃叮叮咚咚地响个不停,她伸个懒腰站起来走去开门。

也许是最浪漫的顾垒要给她惊喜,也许是错了数年的周熙哲决心与她轰轰烈烈爱一场,也许只是一个来送文件的快递员或者收清洁费的物业阿姨。谁知道呢?

啊,尽管时间奔流而过,也许除了记忆无可逆流而上,可是那个谁谁谁说过,不到最后一刻,永远别说"绝对"。

这一秒,你有想法? 写出来吧。

童话
失眠了

7

　　梁晓希很纠结。

　　一个小时之前,她在超市采买东西的时候接到电话,学校老师说希望她有空来一趟,谈谈任萱身上发生的"一点儿事情"。任萱是梁晓希和任凯翔的女儿,今年七岁,读小学二年级,而向来报喜不报忧的学校嘴里的"一点儿事情",很可能会相当严重。然而,任萱活生生地坐在教室里上课,班主任把梁晓希拉到一边悄悄地说:"没什么大事,这周任萱做值日,昨天放学我看她在那儿扫地,校服裤子后面有一块血迹,以为是受伤了,但是一问,她说'老师,我来例假了'。但是我想,这虽然不是大事,但是……"

梁晓希的脸都绿了,这还不是大事?七岁的女孩来例假都不算大事难道非要她直接生个活孩子才值得紧张吗!尤其是,任萱来例假了,她怎么一点儿都不知道呢?

班主任的怀疑转成了鄙视:"原来您不知道啊?"

梁晓希回想了一下,昨天晚上任萱洗完澡以后,阳台上是多了一条内裤,但是女儿从幼儿园大班开始就被教育自己洗袜子洗内裤洗小背心,因此这件不反常的事完全没有引起她的注意。尤其是任萱总是把脏了的校服直接放进洗衣机里,昨天梁晓希因为着急看锅里的炖鸡,就匆忙加水,然后拧了个全自动洗涤……她当下表示,希望请假带任萱去医院看看。但到医院以后,纠结的事情便出现了,这……到底是该挂儿科呢,还是妇科?

更纠结的是,儿科医生简单检查了一下,温柔地问任萱:"今天不流血了吗?"

任萱局促地小声说:"对呀,就是昨天流了好多血,前天有一点点。"

整个过程里,梁晓希一直保持目光放远的呆滞状态。本来计划在女儿第一次来月经的时候,她要向西方父母一样,跟女儿扫盲性知识,但是这个计划完全被打破了——七岁!七岁怎么了解性知识！

儿科医生倒是很淡定，一直安慰梁晓希，"别担心，这个现象比较普遍"。"普遍？我以为例假都应该是十几岁才来第一次。"梁晓希拿着诊断问，"不用吃什么药？"

医生冷静地敲敲手边的病例："不要大惊小怪，你女儿这个是偶发性的，下个月如果还有再说。另外，不要给你女儿吃太好，也不要吃小零食和快餐了，现在婴儿都能发育，我见过的小学生来例假也不少！以后吃绿色一点儿，健康一点儿。"

带着这些盘在脑子里挥之不去的话，梁晓希把任萱送回学校，重新回到超市进行采买工作。此时的人声鼎沸让她怀念早晨的超市，干净安静，不但是采买的最好时节，更是全职太太、全职妈妈、家庭"煮"妇们的竞技场。她们不用上班，能够在超市进货上货的最好时间买到最好品质的原料，还要好中挑更好，讲究买的档次和类型。梁晓希就曾有一个年轻到令人妒忌的对手永远能够挑最好的海鲜，身材也好，推着购物车的样子十分从容优雅。直到上周，她忽然发现这个女孩子在买方便面！对于家庭"煮"妇来说，这简直是李小龙要带保镖一样的耻辱。况且在梁晓希眼里，方便面就是有害物质和面筋的合成物，是最不能入口的东西，因此那个美丽的女孩子再也不配做自己对手——这就是细节上的秒杀，梁晓希完胜。

而现在，她无暇顾及周围的人，只是机械地把家里需要的东西丢进购物车里。任萱来例假这件事太刺激了,让她开始强烈怀疑自己全职妈妈身份的合格性。她自认在吃东西这件事上相当较真,从来没有给女儿做过一顿不符合养生学或者营养学的饭,而且家里的鸡鸭鱼肉都是在她常年经验总结下确定最绿色、最安全的摊位上买的,蔬菜水果吃之前都会在臭氧机里处理一下,那么,任萱身体里的激素,只能来源于那些"外面的"饭和各种零食。梁晓希当下决定,从今天开始,从肯德基麦当劳到 M 豆口香糖,通通列入黑名单。

　　说到这里,梁晓希忽然从口袋里摸出一张包装纸。昨天任萱炫耀了一颗杨蓓蓓给的高级松露巧克力,说是进口的,特好吃,让梁晓希给她买。但是松露巧克力需要低温保存,通常价格不菲,难道杨蓓蓓的家长能让她在书包里装一盒带去学校吃?梁晓希跟女儿要了包装纸,然后拿了一袋从原产地带回来的绝无添加剂的烤鱼片放进任萱书包里:"杨蓓蓓知道跟同学一起吃,你也得学会分享,明白吗?"任萱舔舔牙齿点点头,找家里的小猫玩去了。

　　梁晓希沿着长长的货架开始寻找,然而整个进口区并没有这样一种松露巧克力,偏偏在收款台排队的时候,梁晓希不经意一瞥就看到促销货架上、红色的礼盒上面贴着黄色的提示签:"买一送一,最后一天。"盒子背面配料表上的黑色小字像爬虫一样让她难受起来:果然!这么便宜又不用冷藏的"松露"巧克力确实有问题，它是用代可可脂的山寨货！梁晓希早就看过专家提示，代可可脂本质上等同于氢化植物油，富含反式脂肪酸，每吨价格不到可可脂的四分之一，能做出的巧克力却是天然原料的好几倍——已经有七岁就来例假这么恐怖的事情横在眼前，从今往后，这种东西坚决不能进女儿的肚子！

　　梁晓希回家的第一件事就是翻女儿的抽屉。任萱和杨蓓蓓关系特别好，基本可以断定任萱还有"私货"。果然，六块同样牌子的巧克力躲在字帖下面，亮晶晶的包装纸令人相当反胃。梁晓希把它们集体扔了。

　　女儿七岁就能来例假，今后还会发生什么谁也不知道。现在，她还能通过控制零花钱和套话、监督等方式来确保任萱不会乱吃东西，但巨大的挫败感打击了梁晓希敏感的内心：这件事是不是说明她这个全职妈妈实在太差劲？其实，家庭主妇每一个行为是因为丈夫孩子才有意义，现在她连她的意义都损害了，简直比买方便面的姑娘还不如。郁闷中，梁晓希从垃圾桶里捡回一个巧克力，拿相机拍下了全貌，并把照片发到她热爱的全职妈妈论坛里去，提醒其他会员注意，不要让小孩吃这种东西，最后还把关于反式脂肪酸、防腐剂、香精、添加剂的所有副作用和专家警告全写上了。很快就有版主给她的帖子加精，理由是："这才是称职的好妈妈！"

　　这么多年，梁晓希所求的不过就是这样的肯定，否则，她大可不必放弃事业和自由，每天关注饮食起居的琐事。任萱四岁那年，梁晓希觉得女儿已经很适应幼儿园的环境，于是重新开始工作。她是一个成衣样板设计师，但只在家工作就不容易和裁剪师傅沟通，所以，梁晓希开始上班。但她一共只去了三天。第一天，任凯翔炒菜的时候才发现家里没盐，下楼去买，把任萱留在家里，梁晓希推门进去，看见任萱正在从头到脚地舔家里的猫，帮它梳理毛发；第二天，任凯翔加班，幼儿园不管晚饭，任萱拿着老师提供的小面包哭鼻子；第三天轮到梁晓希加班，回到家里以后，丈夫和女儿倒是都安全地睡了，厨房里却连一个饭渣都看不到，梁晓希一脚踢醒任凯翔："你俩晚上吃什么了？"任凯翔睡眼惺忪地回答："叫了个楼下李阿姨的外卖。"那个餐厅是小区里她认为口碑最差、环境最脏的，梁晓希当下就决定放弃工作，重新当回家庭"煮"妇去：俗话说，病从口入，长此以往，不会有什么好结果。

重新当全职妈妈后不久，大品牌牛奶里掺三聚氰胺的事情死灰复燃，而"神医"张悟本正是最红的时候，梁晓希立刻很敏感地退订了牛奶，光速买了一台最新款式的全自动免清洗豆浆机，并且囤积了至少五公斤黄豆放在可以密封的、安全级别达到"食用"的塑料整理盒里，勒令全家改喝豆浆，并且一定要按照她听讲座、看节目、查资料才写出来的食谱吃饭，一直坚持到现在。

但是任萱来例假的阴影笼罩了这份食谱，以至于梁晓希做饭的时候都百思不得其解：已经这么小心了，还会这样，以后要怎么办才好呢？

家里的猫忽然对着门叫起来，任萱放学回来了。

"任萱？"梁晓希叫她，却没得到任何回答，但能听见光脚往房间跑的声音，梁晓希提高声音，"任萱！"忽然一声"哎呀"，然后就是什么散落一地，猫叫得更欢快了。梁晓希奔出去一看，任萱手里端着一个白色的半透明餐盒，正在地上捡东西，从猫闻了闻就吃的行为来看，这是一盒零食，而且还是两种不同口味不同形状的。梁晓希拿扫帚和簸箕，任萱赶紧拦住："这个还能吃的吧？你不是一天擦地好几次吗？"

梁晓希瞪她："掉地下还吃？从今天开始，什么零食也没有了！"

"五块钱一盒呢！"任萱悻悻地把手里的盒子往簸箕里一丢，珍惜地看着手里残存的七八颗，"早知道我吃完再回来。"

伪松露巧克力的事还没解决，这又来一件！梁晓希准备动之以情晓之以理地没收，任萱不干了："为什么呀，我来例假也不是吃零食吃的！"

"我还没问你呢，流血了为什么不告诉我啊？你知不知道人体里的血是有限的，流完了就死了？"梁晓希问。

"我知道这个，每个女孩子都会有的，你别骗人了。"

"你懂得还挺多! 这种事儿你必须告诉我,等你爸爸回来了,咱好好谈谈。零食这件事,没商量,以后再也不许吃了,任何零食都不行,想吃就告诉我,我给你做。"梁晓希认为合格的妈妈绝对不能在这件事上让步,半步——不,一毫米都不能让!

"你做的又没有买的好吃,而且买的随时都能吃,你又不是随时都能做,还得做半天。"任萱不开心了,背着书包一扭一扭进房间。梁晓希愣了一下:我做的……不如那些化学添加剂的好吃吗?她心里有点儿孩子气的别扭,一时间不知道怎么排解。厨房里传来定时器滴滴的报警声,说明戚风蛋糕烤好了,她这才反应过来,把那五块钱一盒的小零食倒在垃圾桶里,洗了手,开始往戚风蛋糕上抹自家做的橘子酱。

"妈妈?"任萱在厨房门口露了个头,"你在做什么?"

这转变真快,果然是小孩心思! 梁晓希心里高兴,脸上不露出来:"蛋糕,你吃不吃?"

任萱走过来垫脚看了一眼,两手支在桌上:"不吃。"

梁晓希瞥她。

任萱舔舔牙齿:"那个,你拿我巧克力了?"

气不打一处来,梁晓希立刻放下刮刀,宣布了一个能让女儿哭出来的决定:"嗯,我还忘了告诉你呢,要吃就让你爸从国外带真正的松露巧克力,那个伪劣的不许吃。"

任萱可怜巴巴地问："你没收到哪儿去了？"

"没收了就是扔了，不还了。"梁晓希把蛋糕切好放在盘子里，推到任萱鼻子底下，"只能吃一块，一会儿你爸回来就吃饭了。"

"不喜欢吃蛋糕。"任萱扔下一句就走，梁晓希喊她："你不是最喜欢吃吗？"

任萱头也不回："减肥！"

胡扯！梁晓希太生气了，在任萱关门前一秒成功地握住了门把手，准备好好地教育女儿一下，现在吃东西的环境这么差这么乱，不想死就得小心翼翼，更何况，谁知道这个偶发性的"实习生"会不会很快转成"正式工"呢？到时候去哪儿买儿童专用的卫生巾啊？自怨自艾加上生气，混着女儿的反抗，本来应该是谈心性质的对话，很快就变成了批评吵架，以至于任凯翔进门的瞬间，任萱就扑过来抱着他哭鼻子。

任凯翔了解了例假的事之后，郑重其事地批评了任萱吃零食的不对，并且教育她，以后身体无论出现了什么奇怪的情况都要直接告诉爸爸妈妈，而不是自己偷偷把内裤洗干净。梁晓希觉得丈夫还是相当智慧相当伟大的，但是睡前，任凯翔关上门轻声说："你考虑一下上班怎么样？"

梁晓希听出了不好的苗头，心里狠狠地难过了一下："你决定了？"

"跟上个月咱们分析的一样,公司效益不好,工资看上去涨了,但是定额永远做不完,绩效反而扣得多,萱萱现在上学上特长班都不便宜,咱家……还是得两个人挣钱。"任凯翔苦笑,"而且,你要给萱萱最好的,总得预备着将来的嫁妆吧,还有,咱们都老了,女儿嫁人了,也得给自己预备点儿什么。"

几句话快把梁晓希说哭了。任凯翔是个特别有魅力、特别上进又特别疼老婆的男人,她嫁给他又心甘情愿做家庭主妇,就是因为他真的好。她知道,如果不到很难,任凯翔绝对不会轻易放弃回家就有的吃、一切不操心的生活。话到这里,梁晓希本来应该直接同意,但她犹豫了:"能行吗?我们在公司吃,萱萱中午怎么办?"

"还没老呢你就痴呆症了?"任凯翔笑话老婆,"上周她不是拿了学校营养餐的缴费表让你签字吗?营养餐下周才开始,今天周三,这几天你跟厂里办入职什么的,也足够了。"

梁晓希叹了口气。

任凯翔打个哈欠:"没事儿,你放心吧,萱萱体质好,太营养了才这样呢,吃点儿大锅饭饿两周,没准好了。"

梁晓希持续叹气。

"也不是就她一个人吃,那么多孩子呢,别瞎操心了。"任凯翔已经累得半闭着眼睛,似乎马上就要睡着了。梁晓希抓住最后的机会问:"你不怀念我的食谱吗?"

"还好吧……"任凯翔睡着了。

梁晓希很失落。家庭主妇的日子固然无聊，但最无聊也比不上现在的难过。她本以为即使任萱不懂，也还有丈夫可以理解她的苦心和付出，然而到头来，她精心采买的食材、努力学来的手艺和完美搭配的成品，都是"还好吧"，轻描淡写，就这样略过不提。而她给女儿的、自认为最好的饮食环境，居然造成了如此讽刺的后果，梁晓希自暴自弃地想：反正已经这么糟糕，又何必为了一件做了等于没做、完全无意义的事，把自己拘在这间屋子里当主妇呢？

不如工作吧。

重新联系到合适的服装厂是很容易的事，梁晓希还年轻，之前的工作经验丰富，口碑也好，很快就办好了入职手续。上班前，她还特意去学校咨询了营养餐的具体情况，终于放心。预付完下个月的餐费之后，任萱开始叫嚣着要这样那样的餐具和饭盒，还要电视里谁谁谁提过的便当袋子，梁晓希带她去超市买，结账的时候强迫女儿把薯片、锅巴、果冻、可乐之类的东西都挑出来："还想被老师发现裤子上有血吗？不想就不许吃。"有几次任萱也耍脾气，扬言"不怕流血牺牲"，梁晓希便扔下她不管："那你随便，回头杨蓓蓓她们笑话你，反正我听不见。"任萱听见杨蓓蓓的名字，忽然矛盾了似的，站在货架前面委屈地捏着话梅袋子，看呀看呀，终于默默地艰难地放回去。梁晓希隔着三五米远看着女儿的侧影，忽然觉得真可怜，然而转脸发现一个妈妈带着吮棒棒糖的女儿，小姑娘一张嘴，舌头都被添加色素染成了五彩的，梁晓希立刻狠下心来：一辈子的事，不能让一袋话梅给毁了。

周一开始，梁晓希正式从家庭主妇重新变成职业女性。由于工厂比较远，家里又只有一辆车，她必须比老公起得更早去赶厂里的定点班车。前一晚泡好的豆子只来得及放进豆浆机里，梁晓希发现隔夜定时的面包机还有二十分钟才能烤好，干脆饿着肚子出门了。虽然小区门口有一排流动早餐点，但是她怀疑自己什么也不会买。

炸油条的油已经发出了重复使用多次才有的怪味；摊煎饼的那个妇女的指甲缝里是黑色的，围裙也是黑的；包子看起来又白又胖，但白得不自然，肯定是面粉里加了增白剂，至于馅，更是碎肉下水做的……眼看着班车从远处而来，她只能买了一份闻起来最舒服的烙饼和一杯密封好的豆浆。然而，吃了几口之后，梁晓希郁闷了。烙饼还好，但是豆浆里面不知道掺了什么东西，又浓又香——虽然浓和香是好豆浆的标准，但是梁晓希发誓，这两个指标在这杯液体里体现得过于明显，以至于和平时家里自制的那种比起来，就像香甜的毒药一样难以下咽。她真的怀念家庭主妇的时光了，豆浆盛在白瓷碗里，面包都是新鲜做好的，还有梅菜包子和白粥。

晚上回家前,她去超市买了一只看起来很新鲜的鸡。任萱已经回家了,大声叫着"好饿"。梁晓希洗手做饭,任萱凑过来说:"哎呀,学校的饭好难吃,都是绿菜叶,放了超多味精。"

"绿菜叶是好东西,你都吃了吗?"

"老师看着呢!不吃完不行,我是小组长,更要吃完,杨蓓蓓不是班干部,她把萝卜都放在抽屉里,老师也不说她。"任萱无聊地去戳鸡屁股,"晚上吃什么啊?"

梁晓希说着"爆炒小公鸡"拉开冰箱,顿时傻眼了。泡着的豆子和整只面包都在冰箱里,果酱也还保持着昨晚的原样,而煤气灶上添好了水、放好了屉的锅里,包子该是几个还是几个。

刚回家的任凯翔被一顿臭骂。他辩解说起晚了,实在来不及弄,任萱还要做值日,就干脆吃麦当劳汉堡。任萱欢乐地说:"天天吃麦当劳挺好的呀!"梁晓希差点儿没把父女俩和小公鸡一起爆炒——难道当年上班三天就辞职的事件还要重演吗?

饭后洗碗的工作属于男人,而任萱忽然想起来自然课的作业还没写,只能放弃看了一半的动画片。梁晓希调到新闻频道,一边剪指甲一边听。谁知道刚剪一半就进行不下去了,记者说,地沟油的泛滥程度超出想象,而其中一大半都被学校食堂和公司餐厅消耗掉了。

天哪。梁晓希傻了。

学校的饭可以难吃，可以菜多肉少，可以单调，但绝对不能脏，不能乱加东西，否则等于她每个月交钱同意老师逼着任萱吃掉所有想得到、想不到的垃圾和添加剂。已经有七岁来例假的恐怖事实横陈眼前，梁晓希相当紧张，赶紧和老公商量，要不要从明天开始，家里三个人都带饭去学校和单位。

任凯翔一脸错愕："没搞错吧，学校不会让小学生用微波炉的！我可不会做办公室第一个拿着饭盒在座位上吃饭的人。"

梁晓希一脸坚定："那我用保温饭盒解决萱萱的问题！"

"求你别折腾了。"任凯翔指指厨房里的二十多种电器，"吃东西这件事上，你操心过多。"

"原来我这七八年伺候你俩，都属于'操心过多'？"好不容易说服自己放弃家庭主妇的身份，并不代表可以被肆意攻击，梁晓希觉得相当受侮辱，怒火越来越旺，挑起了长达三个小时的口舌战争。任凯翔觉得老婆实在太小题大做了，如果吃得这么小心，那还不如死了痛快呢！尤其是添加剂类的东西，什么食品里没有？总不能回归自产自销的农耕时代吧！梁晓希气得掉眼泪。她掌管家里饮食的这些年，为了健康，算计超市的上货时间、和农贸市场的小贩搞好关系、学习各种家用厨具的操作方法，只要给她合适的工具和时间，她就几乎能复制所有餐厅里点得出名字的菜肴，从披萨到寿司。如果家里有土坑和挂炉，她相信自己很快就能做出馕和烤鸭来。这些事情没有其他的家庭主妇可以做到，其他的她们，不过是采买超市里现成的东西——甚至还有方便面这种可耻的速食——她们比她，低了不止一个级别。

"你这么小心，任萱还不是出了这么一件事？"任凯翔尽量压低声音，"你所谓的健康在哪儿呢？反倒是她同学，杨蓓蓓什么的，你见人家妈妈每天这么神经了吗？没有！"

两个字堵死了所有当晚和好的可能。神经。梁晓希简直不敢相信面前这个男人就是她爱着的特别体贴特别幽默的丈夫。这次决定上班的后果比上次只持续了三天的还糟糕，她真的不知道到底什么事情是对的、什么事情值得坚持、什么事情有意义了，伤心完前半夜，只睡了两个小时，五点钟就爬起来蒸米饭、打鸡蛋，用冰箱里剩余的原料给任萱做了一盒特别好看的蛋包饭，还在蛋皮上画了一只小猫。

好吧，梁晓希给女儿留完字条，离开家之前生气地看着卧室：剩下的，爱吃地沟油的就吃去吧，我不管了！

上午，任凯翔给她发短信道歉，每个整点一条，言辞恳切，感情真挚，梁晓希干脆把手机调成静音。午餐是厂里的餐厅提供，她转了一圈，脑子里总是想着地沟油，仿佛真的看见了黑乎乎的地沟里的亮晶晶的油倒入后厨大锅。这种事总是越琢磨越别扭，她干脆挑了不怎么用油的素菜，坐在阳光灿烂的窗口，吃得满腹心事。终究，梁晓希忍不住拿出手机，一条条看丈夫的短信。任凯翔说，看到蛋包饭我就嫉妒了，萱萱尖叫着"好看"，几乎是端着带去上学了，老婆你别生气，你是对的。

梁晓希皱起眉头。这并不是一件能用对错来衡量结果的事，现在，她被挫败感织成的茧子勒得透不过气来。在上周之前，她始终觉得自己是个最好的家庭"煮"妇和全职妈妈，七八年来，除了感冒发烧，任凯翔极少生病且从没有进过医院，任萱唯一一次去则是为了补牙，不过，不到两个月，新牙把旧牙自然而然地顶掉，任萱还特意跟医生要了点儿酒精，把旧的泡在一个小瓶子里留作纪念。但这精心打造的一切，都在任萱奇异的身体变化里变成了空欢喜和无用功，她甚至不好意思问问同龄孩子的家长是不是也遇到过相同的事情——多么难以启齿，一句话就能体现她是多么不负责的妈妈。

然而，她努力得很辛苦，只是被神奇的力量莫名其妙地玩弄了。或者，老话说得对，不干不净，吃了没病。也许她就应该从现在开始放手不管，天下那么多的孩子天天把快餐店当小食堂，把零食当正餐，至少杨蓓蓓和其他同龄女生就这样，经常吃东西不停嘴，但也没见人人都七岁来例假。也许，这讽刺的事实还偏就是真理呢，梁晓希想起自己为女儿置办的豆浆机、面包机、烤箱、打蛋器、揉面机、料理机，忽然很后悔跟任凯翔吵架。

菜真难吃,梁晓希用勺子把土豆皮刮下来丢在盘子里,正给任凯翔回短信,忽然有个电话进来,是杨蓓蓓的妈妈。由于杨蓓蓓和任萱是同一个小区、同一个幼儿园、同一个小学的好朋友,因此两位妈妈还挺熟。她听说梁晓希已经不当全职太太了,十分惊讶惋惜:"正说去你家抄个单子呢,看看都要买什么电器,蓓蓓天天说,你看任萱妈妈又烤点心了,说得我心里怪不是滋味的,干脆也学着做吧。"

梁晓希笑着说:"你有时间就过来,简单得很,包教包会。"

"怎么工作了?"

"在家待着……没意思呗。"梁晓希本想说"没意义",又怕被人深究了这三个字背后的意义,最终挖出任萱的事情来。话到一半才改嘴。

杨蓓蓓的妈妈说:"我正羡慕你呢,有机会给女儿做饭。我们家蓓蓓,要不是你,我都不好意思说,你相信吗,她才七岁半,就有月经了。"

梁晓希腾地站起来:"她也有?"

两位妈妈这才发觉事情的严重:小姑娘们是不是吃了什么东西才引起了这个急性的毛病,否则,身体状况不同的两个人,症状怎么可能这么整齐划一。隔着电话,梁晓希说今晚就跟任萱谈谈,如果有必要,明天一起去学校找老师。

挂掉电话,梁晓希心里更堵得慌了。本来只是自我怀疑的情感剧,瞬间便成了似乎严肃得触不到底限的悬疑剧,她不知道女儿身上到底发生了什么,因此下午也没心思画图,不断地上网查相关的病例。搜索页面开了关关了开好几次,一会儿被专家的话略略安抚一会儿又看到女婴都性成熟的新闻,梁晓希又惊悚又烦躁,下班时间一到,几乎是第一个坐上了班车。

家里没人,她不顾"孩子的隐私也很要紧"的理论,先把任萱的房间翻了一遍,除了本子里夹的几张明星照片没见过以外,并没有什么可疑的东西。外面起风了,还有沙尘,她去阳台关窗子,收下女儿的校服。学校要求必须买、还要买两套的校服质量很差,腰上的松紧带已经缝过一次,居然又有几处开线,梁晓希随手把它一翻准备缝两针——裤子口袋的白色布上面,有三个圆珠笔的大字:杨蓓蓓。

"杨蓓蓓的裤子怎么在咱们家啊?"任萱一进门,梁晓希也等不及任凯翔回来,决定立刻开始"审讯"。无论这两个小丫头在搞什么,都必须立刻停止。

任萱一点儿也不害怕、不吃惊、不打算隐瞒:"她的裤子脏了,我跟她换了。"

梁晓希拽住女儿:"杨蓓蓓家没有洗衣机还是做好事能加分?"

任萱嚷嚷起来："哎呀,你不懂!"

梁晓希声色俱厉："任萱,我警告你,说实话!否则明天我就到学校找你们老师去。怎么回事,嗯?你和杨蓓蓓吃一盒巧克力,坐一个桌子,还能穿一条裤子?"

"你根本不知道,同学欺负她,把杨蓓蓓都说哭了,她是我好朋友,我就得帮她。不就是让你洗了一下裤子吗,反正我穿也是穿脏,她穿也是穿脏,有区别吗?"任萱的道理,在一定程度上相当有道理。

梁晓希愣了一下,忽然有点儿明白了:"裤子脏就被人笑话了?"

任萱张张嘴,要说话又咽回去,梁晓希瞪了她一眼,她这才发现掉进了妈妈的圈套里:"哎呀你们大人可真讨厌,我都答应她不跟别人说了。算了,反正估计她妈迟早得告诉你,我说就说了!"小小一个人,讲到这里干脆站起来,梁晓希身子前倾等着真相,任萱又缩了一点儿:"那个,你别告诉杨蓓蓓她妈说是我说的;杨蓓蓓以后到咱家来,你也假装不知道;其他同学问,你也要装不知道;更不能告诉老师,行吗?"

"听完我就忘,可以吧?"梁晓希问。

"行。"任萱甩掉书包,附上梁晓希的耳朵,仿佛家里除了她俩,猫也能听懂并且告密一样,"上周杨蓓蓓来例假啦,她一站起来,裤子上就是血,结果被坐在后面的周舫看见,就说

杨蓓蓓难产了,我告老师,老师批评周舫,他就在后面踢杨蓓蓓凳子。"

梁晓希四肢冰冷,脑袋一团糨糊,都忘了追究任萱跟她撒谎的事:"这跟换裤子有什么关系?"

任萱气得跳脚:"你怎么不懂啊!我跟杨蓓蓓把裤子一

换,然后给周舫看,有什么好笑的,女的都这样,能这样的证明长大了,跟他那样的小屁孩不在一起玩,结果他立刻闭嘴,特有用!"

梁晓希半分钟说不出话来,任萱拎着书包要走,她才回过神来:"你没来例假?去医院前你怎么不说?"

任萱躲得远远的,怕梁晓希骂她,又讨好地叫着"妈妈",贴墙溜到房间门口:"又没有真的流血嘛,你挂号不是才花了十几块钱嘛,以后我挣了还给你……"说着,门就关上了。

梁晓希坐在茶几上,双脚踩着因为最近没空擦而显得有些发灰的木地板,觉得相当不真实。任萱没来例假。呼吸忽而通畅,厚厚的茧子松动了,她似乎可以感觉到清新的空气。可空气上方有乌云。这结果比突如其来的打击更让她承受不住——必须承认,那么迅速地做决定答应丈夫出去工作,有一半是因为她的自暴自弃——任萱的身体状况将她的努力都判了死刑,她认为自己没必要坚持下去,而现在,平反的通知书就在面前,梁晓希却无法拿笔签字:生活已经走上另一条全新的路,看不见下一个高速出口,而此时此刻,不能调头了。

任萱拉开一条门缝:"妈妈,真的来例假的时候,会疼吗?"

梁晓希恶狠狠地瞪她:"如果你吃了不干净的东西,就疼死了!"

任萱吐吐舌头："真的？"

她看任萱又要反驳，干脆把女儿彻底堵死在这个话题上："骗人的小孩，也疼。"

任凯翔回来的时候，饭菜已经摆好了，但梁晓希和任萱对着蛋包饭在争吵。据说美丽的热气腾腾的蛋包饭在书包里闷了整整一天，午餐的时候任萱拿出来了，却被老师批评，说不应该搞特殊化，尤其她还是小组长。于是，直到放学前，任萱才召集了几个好朋友一起来吃，结果，大概是因为天太热，饭已经微微发酸，任萱被人笑话了一通，还得把它带回家。

梁晓希说："你笨啊，你怎么不把学校发的饭装在盒子里带回来？反正都是埋头吃，你吃营养餐还是吃我做的，老师能看见吗？"

任萱想了一下："哇塞，这办法太给力了。"

梁晓希踩着任凯翔的脚，狠狠一碾，面上却是含笑递过一碗米饭去。任凯翔皱眉瞅着老婆，双手接碗，认罪低头。

任萱忽然想明白了："哎，不行，那我得要两个一模一样的饭盒才能换。妈妈，你再给我买一个呗。我在家提前练好，嗖，塞抽屉里一个，嗖，再拿出来一个。"

梁晓希听见面包机工作完毕的声音，趁热切了两片放在女儿面前，又去摁豆浆机的开关，凶狠温柔地回答："少废话，给我好好吃饭！"

这一秒,你有想法? 写出来吧。

进站
不停车

8

第一夜·豆腐天使

　　遇到孙玉锦的时候,何昭南还不满 25 岁,刚刚在一场意外事故中失去了双亲。他请假回上海旧家奔丧,安葬了父母处理完所有的后事之后的那天夜里,搭乘末班地铁回家,他坐在靠门的位子,窗外一片漆黑,空落落的车厢内,只有孑然一身的何昭南和他憔悴落寞的影子相互凝望。

　　何昭南觉得从未如此疲倦如此孤单,就算是十几岁的时候一个人到英国念寄宿学校,住在古堡似的旧石头房子里,没有一个朋友而且天又总是阴冷地下着雨，他也没有这样寂寞难过——父母健在的人总是有种潜意识的踏实，因为知道这世上有两个人会无条件地爱自己而无所畏惧。几天前突然成为孤儿的何昭南很想就在人来人往的街口大哭一场或者随便走去一个灯红酒绿的地方醉到什么也不知道，可是却又不能。他已失去了天真任性或者叛逆的权力，只要地球没有爆炸2012没有来临，四天以后他还是要回到办公室，对上司下属客户温暖地微笑。

孙玉锦跟何昭南说的第一句话就是："他们已经休息了，不要再用悲伤去侵扰他们的安宁。"

何昭南悚然回头，对于她是在什么时候坐到他身边这件事一无所知。孙玉锦看起来只是个十四五岁的小女孩，穿一件大得像斗篷的藏青色外套，背大到夸张的猪皮旅行包，眉目如画，瞳仁却是不同于一般人的淡淡的灰蓝色，就像是何昭南学生时代每天清晨看到的窗外的大海，笼着雾却那么迷人。

他不知道她是怎样读出他灭顶的悲伤，或许是他的憔悴或者他臂上忘记摘掉不想摘掉的黑纱，总之那一刻他居然与这陌生的少女聊了起来，她告诉他她的名字，并且问他："愿不愿意为孤独的旅行者提供一张客厅的沙发，而她，会用一道最美味的蛋糕来回应你的善意。"

她只是个"沙发客"，用如今国外年轻人流行的方式节约成本旅行,何昭南知道现在上海正在举办的世博会或者十一月广州的亚运会都有热心的志愿者愿意为四方来客提供免费的沙发住宿。她既然不怕,那么他一个大男人,又怕什么?何况此时此刻他几乎被孤单淹没,而父母的老房子里又充满了回忆。

他唯一的犹豫被孙玉锦看穿,她主动拿出身份证给他看:"我出生于1992年8月13日,到今天正好十八岁。"

何昭南反倒不好意思了,此时此刻,他无法祝福任何人"生日快乐",他只能点点头,干巴巴地回答:"那么好吧,但我三天后要回去上班。"

孙玉锦微笑,不露齿,左边脸颊上会有一个小小的笑窝,她年轻的脸庞看上去神秘莫测。

他把她带回了父母在静安区胶州路的老房子,她在楼下的24小时便利商店里买了袋装的豆浆、盒装豆腐、鸡蛋和黑樱桃糖水罐头。何昭南不记得自己上一餐是什么时候吃的,不记得吃了什么,味蕾和身心的其他部分一样麻木疲倦,无论吃什么都只觉得苦。

夜色已沉,孙玉锦在何昭南母亲的厨房里忙碌半晌,然后端出一块雪白如玉的蛋糕并一杯浓浓的普洱,她对他说:"你母亲很懂生活,是个真正的美丽女人。"

"她的出身不好,是资本家的小女儿,'文革'期间多受冲击,因此才会嫁给我爸爸,后来他们一直在Z中教书。"也许是夜色太美,客厅那盏橙色的地灯又太温柔,何昭南不由自主地违背自己谨慎独立的天性,向陌生人倾诉他自己都不敢触碰的美好回忆。雪白的豆腐天使蛋糕躺在母亲最喜欢的黑陶盘中,散发出浓郁的豆香味,十分诱人,何昭南尝了一口,她大概把它放进冰箱里冻过,口感清爽,似乎能舒缓抑郁心头多日的烦躁和不知所终。何昭南忍不住又吃了一大口,然后接着说下去,"她很美丽也很独立,我很小的时候非常恨她,甚至认为她一定不是我的亲生母亲才会那样苛严,她甚至从不表扬她的儿子,只有批评,说'不'的次数远远超过说'好'。后来长大,我就成了另一个她,我不记得对她说过一个'好',同时也记不起曾经对她说过多少'不'。"

他凝视电视上方父母的结婚照,望向母亲当年美丽的容颜,眼泪一滴滴落进碟子:"……现在,无论'好'还是'不',都已经再无机会。"

孙玉锦安静地听着,等到男人的情绪平复下来才递上纸巾:"她从不需要你的忏悔,因为她从未怨你,甚至对你怀有更深的歉疚,母爱是世界上最伟大的一种情感,能够包容一切。"

何昭南看向萍水相逢的女孩子,她那双灰蓝色的眼眸里有种过于淡定清澈却又捉摸不透的光,他深深吸了口气努力转移话题:"也许,你这样年轻,又怎会知道?"

孙玉锦伸出右手,和她的脸庞一样,是常常从事户外活动的人那样淡淡的蜜色，皮肤相当细腻，手指细长柔软，带着一枚古旧蝴蝶戒指的食指在空中画了条线，回答："因为我看得见，他们都争先恐后地与我说话，我是个风水师，偶尔兼职做灵媒。"

一阵风透过纱窗吹进客厅，何昭南打了个寒战，感觉有股凉气顺着脊背往上冒。他没有听过多少鬼故事，不看奇幻小说，甚至连星座和塔罗牌都不相信，他认为算命相面看风水都是骗钱，算是盲人、退休职工或者出家人用以谋生的一种行为艺术。

现在漂亮的女孩子是不是都看了太多小说，脑子进水，因此分不清现实与奇幻了？

孙玉锦读出他的疑惑，却并不做解释或者试图证明什么，她只是小口小口地吃她自己的那一份豆腐蛋糕，最后吃用来装饰的黑提，表情十分满足。

何昭南一直看着她，忍不住追问："你所说的，不是真的吧？"

孙玉锦只是微笑："不，或许我只是跟家人吵架的叛逆少女，多读了几本《鬼吹灯》。那么，你会不会比较轻松？"

这个问题真是难以抉择，好在孙玉锦并不等他回答，而是收拾碗筷盘碟，走去厨房清洗："那么你不妨猜一猜，悬疑电影往往比悲剧能治愈失眠，你需要睡一夜好觉，明晨太阳依然升起。而我，也需要依约兑换报酬，快快给我腾沙发。"

何昭南讪讪地站起来，看着这个小女孩从她那山一样的背包里抽出睡袋，卷起漂亮的沙发衬布，铺上白床单然后再放睡袋，她的动作娴熟有序，就像春天筑巢的燕子。何昭南脱口而出："你是谁，从哪儿来？"

孙玉锦按灭地灯，借着窗外的灯火何昭南还能看到她闪闪发光的灰蓝色眼眸。她幽幽地说："我就是我，从来处来，到去处去。天地之大无处不可容身，忽然不在的人也许就在某个地方等你，又何必执著。"

这话倒真像是风水师或者从事神秘主义工作的人说出来的，何昭南看见她已经钻进睡袋并且开始往外扔衣服，当然不好意思再留在客厅跟她说话，他关门退回主卧室。

父母的主卧承载着太多故事和回忆，自他们出事后，何昭南从未敢真正走进来，只怕触景伤情。此时此刻，在这安静的夜里，借着街灯的些许光芒，他看见妈妈的钢琴和爸爸的书桌一如过去，谱架上还摆着翻开的乐谱，书桌上还有一本读了一半的林语堂选集。他们走的时候并不知道一去便是与这个世界的诀别，所有的陈设都毫不刻意，就像是突然被毁灭的庞贝古城，一切都保留着灾难发生时那一刻的样子。

何昭南离家十年，每次匆匆回家都像是做客而不是家庭成员，他几乎不了解父母真实的生活到底是怎样，喜欢听什么样的音乐读怎样的书,练太极拳还是回力球,他母亲逼他飞走去寻找更广阔的天空,然后他就一去不返。

现在,他不得不隔着时光和生死的鸿沟关注父母的生活,心中隐约相信外面那个神神秘秘的少女说的那些话。何昭南脱掉外衣躺在父母的床上,拉开被子,床单和被罩都是月白色带天青兰草的纯棉制品,他闭上眼睛,像婴儿般蜷紧身体,棉织品和母亲喜欢的薰衣草洗涤剂的香气紧紧拥抱着他,十天来第一次,他陷入深度睡眠。

梦里他还是孩子,爸爸妈妈都像是照片上那样年轻,他们却一起去看世博会,排很久的队去看最热门的中国馆、日本馆和沙特馆,因为母亲说:"只有最好的,才值得停留。"

何昭南被比利时馆的浓浓的巧克力香气所吸引,他想吃那种有蓝精灵图案的纯黑巧克力和看上去非常美味的巧克力冰激凌,可是妈妈不许,他百般要求,连爸爸都为他求情,于是妈妈说:"如果你吃了巧克力,就要一直去上英语班直到中学毕业。"

他立刻答应,那支预支了未来十年业余时间的巧克力冰激凌细腻醇香,在八月的酷热潮湿里更显醉人。最后一口咽下以后,何昭南却忽然觉得冷,抬头时,上海明媚的阳光通通消失不见,英国馆百万圣殿种子卷起旋风,他在那旋风中拼力支撑,独自长大,一直下雨,衣服永远是潮潮的。

何昭南满面泪痕地从梦中醒来,四肢百骸似乎都被坦克车碾过,痛到无力呼吸。

他已睡了近二十小时,可是他不想起床,窗外夕阳正要落下,梦已醒来,他只是一个人。

客厅的大挂钟叮叮咚咚响了七下,何昭南闻到浓浓的巧克力香。

第二夜·巧克力惊奇

孙玉锦说:"在玛雅的神话里,巧克力是天神的礼物,但这是一款'包藏祸心'的蛋糕,我叫它'惊奇'。"

她在他家的橱柜里找到白瓷绘红梅的碟子,配银叉,又煮了很香的黑咖啡,何昭南第一次吃热的蛋糕,第一口就忍不住惊叹:"呀!"

浓浓的纯黑巧克力馅料自被他咬破的地方流淌出来,就像是迸发的火山中汩汩流淌出来的熔岩,滚烫地充满激情地占领他的口腔,让他的味蕾在痛楚中重新复活。他感觉到甜和苦,尝到可可醇香和奶香,他恍惚记起妈妈严格限制他吃甜食的原因:"巧克力或者蛋糕容易令人满足,而过于满足会让人对生活失去警惕甚至变得软弱。"

她真是个智慧的女人,而且对自己狠得下心。何昭南苦笑,看着盘子里被咬掉一口的蛋糕,夹心仍然不断地流出来,他忍不住说:"更像是被伤透的心,一直流血。"

孙玉锦扬眉,征询地望着那个原本高大英俊十分体面的男人,何昭南抱歉地微笑,说:"对不起,我大概毁了一件最美好的甜食。"

孙玉锦抿了口咖啡回答:"不,被伤透的心如果能够流血,才有康复的可能,你原谅自己了吗?"

何昭南又被击中要害,他深深吸了口气,问:"我可以抽烟吗?"

孙玉锦做了个"请便"的手势,右手那只古旧的蝴蝶戒指在半明半晦的夕阳的光芒中闪了一下。何昭南注意到那蝴蝶的翅膀上仿佛镶嵌了松石,工艺看起来相当精湛又已有些年头,不像是地摊上的便宜货,那么她为什么会选择做"沙发客"?她看上去像个孩子,可是对世事的洞悉程度又像是个历尽沧桑的有故事的人,她到底是怎样的存在?他甚至怀疑她可以读他的梦,那么巧他梦到巧克力,她就做了这款蛋糕。

何昭南吐出一口烟雾:"'子欲养而亲不待',一直是人生最惨烈的悲剧,他们都还不到六十岁,我以为我还有半辈子的时间可以报复他们,然后再与他们重修旧好。如果再给我一次机会……"

"不会有了。这不是电脑游戏,不能存档重来。"孙玉锦在缭绕的烟雾中眯起眼睛,可是明显并无不悦,"或者你可以把

'死亡'当成另一种形式的升级,他们已经不在我们的层面。"

何昭南勉强笑了一下,然后转移话题:"那么你呢,你不是能与他们说话,能看到他们存在的灵媒?"

孙玉锦笑的时候鼻子会皱起来,让她如画的容颜一下子变得鲜活灵动,她回答说:"不不,其实我只是个兼职写推理小说的大学生,对你的全部推论只是因为细枝末节的观察。"

何昭南摇摇头,忽然伸手握住了孙玉锦的右手,对着灯光细细看:"不,通过应试教育独木桥的中国学生不会有这样一只手,像我,高考结束已有七年,右手中指仍然留有多年用笔写字时磨出的老茧,有些人甚至连那根指骨都会微微变形。"

孙玉锦一点儿也不脸红,她甚至就让何昭南握着她的手,回答:"呼,原来你才是名侦探柯南。那么真相是否已经被你看穿?"

何昭南意识到这样牵着陌生女孩的手实在不算礼貌,尽管他们已经"共同居住"超 24 小时,她的手掌柔软,体温略低,在八月闷热的傍晚,让人觉得舒服,他连忙放开她:"不,我不知道,不过从蛋糕的专业水准来看,也许你是一名糕点设计师?"

"如果会有这样浪漫的职业就好了。"孙玉锦斜斜靠在沙发上,望着窗外,夕阳已经完全落下,但是西面的天空还是金红色的,何昭南觉得她的眼睛里第一次有了一种温暖的属于人类的光。她接着说:"我是个怪胎,眼睛的颜色与所有的人都不相同。于是我血缘上的父母或者别的亲戚把我卖给了一个相熟的人贩子，你知道，这种古老的职业在那些偏僻的乡村始终存在，我从记事起就与养父母共同生活，他们有个小小的马戏班，三岁时我就可以在十数米高的钢丝上走来走去。"

何昭南不确定这个故事跟她所讲的风水师、叛逆女孩或者小说家中哪一个才是真的，可是孤儿的故事总让他觉得恻然，孙玉锦又笑起来："我想我的养母也许想等我满十八岁就把我嫁给一个付得起彩礼的人，本来这也并非不可接受，可是我的养父另有打算，所以我不得不找机会逃出来独自生活。蛋糕是去年在一家糕点店打工的时候学的，杂技表演需要严格控制体重，我从小就视甜品为最奢侈的享受。"

这故事真像是从《读者》或者《女友》上面看来的，可是她那真挚的神情又让人忍不住想要相信，何昭南左右为难，只能听她说下去。

孙玉锦的笑容十分落寞，她再次凝视何昭南母亲布置的相片墙，看那些和谐美好的家庭照片："我不是能够理解你的悲伤，而是羡慕，因为我从未拥有过可以悲伤的对象，我只是一只没有前世今生的蝴蝶。"

何昭南忍不住拥抱她，单纯的没有一丝情色意味的拥抱。她没有拒绝，天色一点儿一点儿黯淡下来，他们谁也没有走去开灯，房间里弥漫着一种巧克力和烟草混合而成的味道，属于这一刻的味道。孙玉锦的身体比想象中更纤细,他抱着她就像是拢着一只飞累了的小鸟,那么柔弱,仿佛稍微用力一点儿,就会捏碎她的骨头。

他确定他只是普通地喜欢这个萍水相逢的惊奇,正好又是在这样孤独和彷徨的夜晚。

那一夜他睡得很好,只是又梦到妈妈,梦里他已中学毕业,刚刚考入异国他乡的寄宿中学。妈妈在为他收拾行装,他第一次那么用力地抱住他的妈妈,因为他知道,这是生命中最后一次亲密接触。

第三夜·提拉米苏

何昭南听过很多关于"提拉米苏"的传说,其中最著名的那个非常浪漫,说是二战时期,一个意大利士兵即将背井离乡,开赴生死未知的战场,他的妻子便将家里所有能吃的饼干、面包、奶酪甚至咖啡和酒全部做进了一个蛋糕里面,最后洒满可可粉,这样的蛋糕后来就被叫做提拉米苏,名字有"记住我"和"带我走"这样浪漫的含义。没有人知道那个带着点心出征的士兵凯旋回家抑或是埋骨异乡,但是人们都说,吃提拉米苏的时候就会想到远方的家和爱人,只有相爱的人,才能一起吃这样复杂而美好的点心。

现在,他的面前就摆着一个最完美的提拉米苏。孙玉锦从厨房走出来,递给他一杯深棕色的液体,然后说:"蛋糕是买来的,但是咖啡酒是我调的,为过去的 72 小时,干杯。"

咖啡的苦香、白兰地的浓烈和一点点柠檬的清香,让这杯酒有种奇异的滋味,配微甜的提拉米苏真是再好也没有。孙玉锦说:"一时之间找不到马斯彭卡干酪和鲜奶芝士糊,很抱歉最后一夜未能完成许诺。"

何昭南终于微笑,他大口地吃完蛋糕,摇摇头说:"很不错,那么作为补偿,我想和你聊天。"

阴沉整天的天空忽然一声惊雷,孙玉锦和何昭南都同时望向窗外,紫色的闪电一道一道击中对面那栋高层楼房的避雷针,像是科幻电影中的画面再现人间。何昭南的脸可疑地红了,连忙撇清:"其实我并没有别的意思,只是明天就要回北京,我不知道什么时候才有勇气再回到这个家,所以……"

孙玉锦笑得眼睛都眯起来,因此居然少了几分神秘冷漠,多了几分鲜活可爱。她摇了摇那根戴蝴蝶指环的手指:"不,你误会了,就算你心存歹念,上苍也不可能立刻将你五雷轰顶,无论是凶手还是受害者,都不够级别。这……"

"……是另一个层面生物的事。"何昭南抢着说,他本不是这样幽默的人,习惯于像英国绅士那样不大笑不做出夸张的肢体动作,但是此刻他忽然想任性胡为,也许只因为这是他的家,他父母的家,无论长到多大,在这里的时候,他可以永远是孩子。

又或许是因为孙玉锦，她那些故事固然半真半假，可是她那颗不被允许天真因此永远天真的心是真的，他想哪怕只有72小时，他可以做最真实的自己。

孙玉锦又笑起来，她回答："好。"

雨下了整夜，雷电一个接一个地轰炸着耳膜，他们彻夜未眠，却并没有一直说话。大多数时候，孙玉锦都是抱着睡袋倚在沙发上，看着何昭南为明天收拾行装，碗筷、杯碟、中学时的奖章、父母的日记和写满工作计划的月历，更别提那些相册和光碟。他只有一个箱子，却拿起这样，又放不下那样。

何昭南用求助似的眼光看向孙玉锦，后者靠着她的大旅行包说："敝帚自珍是人类的天性，我把我的整个世界背在肩头，犹有许多放不下，何况你想要留住他们的世界。时间无法逆流，其实在所有记得他们的人离开这世界以前，他们都活着，一张照片或者一行字只不过是你所能看到的'曾经'而已。"

真是聪明，能说出这样的话，绝不仅仅是一个自小跟马戏团卖艺的小姑娘。她那双灰蓝色的眼睛亮得像暗夜里的星星，让人忍不住有一点点动心，然而这样的冲动可以控制，毕竟，就算她不是灵媒，他们也"并非同一层面上的生物"。她的世界太小，他的世界又太挤，若不是这样的非常时期，甚至容不下一张可供她休息的沙发。

何昭南放下那个用贝壳粘的猫头鹰笔筒："这是我们全家第一次去青岛旅行时，爸爸瞒着妈妈买给我的礼物，她知道以后居然没有大发雷霆，我们都觉得十分庆幸。"

孙玉锦又指一只同样遭到放弃的粉彩茶杯："多好看，是你妈妈买的？"

"不，那是我在英国第一年结束时，用奖学金买来送给爸妈的。后来与妈妈吵架，失手砸掉一只，这么多年，我以为它早已不在。"何昭南看孙玉锦神情关切，便将之递了过去，"据说是民国时出口英国的景德镇精品，也许值一点儿钱？"

孙玉锦在灯下细细照了瓷杯，遗憾地摇了摇头："是，只可惜整体碎裂后再次黏合，不然你还可以发一笔小财。"

何昭南奇怪地看着她："你还懂鉴赏？"

孙玉锦笑着摇头："不不，只是它的某位主人，正在我的耳边细说它的来历和故事，你要听吗？"

有一道惊雷，雨点噼里啪啦地砸着窗，何昭南赶紧走到房子的另一边去，回答："你的口味太重，我可不要。"

孙玉锦从她那山一样的旅行包里抽出一条军用高能巧克力棒扔过去砸他："有本事你不要撕开尝一下。"

何昭南早已又累又饿，立刻捡起来不客气地咬了两口，惊呼："这是我吃过的最好的巧克力，真没想到。"

孙玉锦抿嘴微笑："前日的巧克力蛋糕也是用它，虽然过期两周,但是品质仍远胜超市里那些大路货。"

何昭南有点儿哭笑不得, 他这辈子都没有吃过过期的不新鲜的食物,他妈妈在"好"和"坏"上有清晰的分水岭。他记得四年级的时候得过一场大病,住院三周,妈妈每天都会给他送饭,午饭的食材是在早市上买的,晚饭的食材则是在刚刚补货的超市买的,她坚信这样才够新鲜。

孙玉锦为这故事啧啧惊叹:"伟大的母爱,可是如果你穷困潦倒冻饿街头,也许一天也活不到。"

"家母大概认为, 若是凄凉到那种地步, 早应该自行了结,绝不能拖累社会。"何昭南居然能说出这样的话甚至笑出来,实在出乎自己的预料。他长长地叹了口气,神色又有些黯然,这十天使他终究明白——无论如何哭闹伤悲,父母都已离他而去再不能归来,他还活着,于是生活就会继续。他会再度微笑,会习惯午夜梦回中没有爸爸和妈妈,甚至他会找到一个可以共度一生的好女孩。他们结婚以后的第一年就生孩子,以后每年清明,他们就开着一辆小车去陵园看望父母,放一把白菊花一杯酒一块点心,报喜不报忧地说说自己的近况。然后他们就离开,如果时间还早,甚至还可以带小孩去一趟游乐园。

这就是最苍凉的现实。每个人都必须接受的现实。

孙玉锦忽然一声惊叫,她自何昭南抛弃不要的废物堆里捡出一只漂亮的粉彩茶杯,与那只贴过的凑成一对。何昭南凑过去看，那只碎过的补得十分完美，几乎所有的碎片都在本来的位置，虽然他分明记得摔破以后，是他沉默地将碎片扫进垃圾桶。

会一片一片捡回所有的碎片再请专人修补的，是温文尔雅的父亲还是争强好胜的母亲？何昭南望向孙玉锦，无比期待她真的拥有那种可以与超自然力量对话的能力，可是她只是笑着摇了摇那只带蝴蝶戒指的手指，说："不，这样美好的时刻，不需要外人分享，等到你也离开的那一日，他们一定会来接你，那时候你可以亲自问清楚。"

"可是我现在不知多想再听一次妈妈苛严的要求，想对她说一次'好'。"何昭南凝视那只碎过又粘好的茶杯，孙玉锦幽幽开口："这样不行，你需要闭上眼睛，虔心与她道歉，她也许愿意与你重逢。"

何昭南立刻照做，他紧紧握着那冰凉的杯子，窗外的雷声雨声在那一刻突然销声匿迹，他真的看见母亲和父亲携着手归来。他想迎上去却一步也动弹不得，只能一眨不眨地看着他们，贪婪地瞧。母亲依然严厉，说："你在哭什么，消沉什么，你的工作已落后同组百分之三十，而人的一生会到达何种地位，在你三十岁前便已经决定。"

他泪流满面，说："好，我会努力。"

他的父亲还是那么和善，笑着拍他的肩膀："我们只要你幸福，儿子。"

何昭南回答:"好,我会幸福。"

然后他在温暖的拥抱中沉沉睡去,一夜好眠。

现实中被他紧紧抱着的人却是孙玉锦,她像大人似的叹了口气,凝视何昭南安心的睡颜,说:"连'失去'的滋味都因人而异,可见上帝是多么不公平。"

临别一眼·蝴蝶酥

醒来的时候何昭南神清气爽,他相当抱歉地看向怀里的孙玉锦,明知什么也未曾发生,却仍觉抱歉,他想把那只完好的粉彩茶杯送给她做纪念,她毫不犹豫地拒绝:"不如拍卖,以所得款项助养孤儿,毕竟你比他们幸运。"

何昭南深以为是,他想问昨晚的幻觉,又想问孙玉锦要去什么地方,可是他还没来得及开口,后者已经淡定地收起睡袋打好行囊,望着雨后澄澈的天空对他说:"我们不要说再见,你可以去街口那家蛋糕房,假装为我买一袋蝴蝶酥,等你转身的时候,我已不在,消失于茫茫人海,就像是蝴蝶重新飞入花丛。以后我吃蝴蝶酥的时候就会思念你,而你,看到蝴蝶的时候就会想到我。那时候我们当然已经不记得彼此的名字和容颜,可是却不会忘记生命中曾有美好。"

何昭南凝视那双清澈却又似乎能洞悉一切的灰蓝色眼睛,终于点头。他在明媚的午后阳光中走进充满着甜蜜气息的蛋糕店,孙玉锦站在门口,仍然穿着那件大得像斗篷的外套,背着那只好像装着她的整个世界的猪皮旅行包,好像在专心致志地研究橱窗中琳琅满目的饼干和新巧别致的蛋糕。售货小姐为何昭南的蝴蝶酥称重包装的时候,他一直看那擦得光可鉴人的柜台,他想也许通过玻璃的反光,他能看到孙玉锦离开时的背影。

似乎有云层遮住太阳,天色忽然黯淡,那穿斗篷的影子也跟着模糊起来,就像是滴入池塘的一滴墨水,丝丝缕缕消失得干干净净,何昭南两步跑出糕点店,她站过的地方只有几片微黄的落叶。

美丽的售货小姐追出来,递上蝴蝶酥和找零,何昭南想问她是否看见了那个穿斗篷的女孩,可是终究却只说:"谢谢。"

那是公元 2010 年 8 月 15 日下午 3 点 27 分,糕饼店的大屏幕上滚动播出着舟曲特大泥石流灾难的专题片。孙玉锦走了,正像她突然地来。

一阵风吹过,云层远去,魔都明媚的午后阳光再次普照大地,繁华的街道上人来车往,何昭南拖着装满相册、琴谱、书籍和林林总总纪念品的箱子,叫一辆出租车去虹桥机场,然后与他出生、长大、失去父母、遇到孙玉锦的城市告别。在三万英尺的高空,他小心翼翼地尝了半块蝴蝶酥,焦香的起酥点心里透着淡淡的奶香,不算太甜,味道正好。

这一秒,你有想法? 写出来吧。